Nuestra Señora
de la Soledad

Marcela Serrano

Nuestra Señora de la Soledad

NUESTRA SEÑORA DE LA SOLEDAD
D.R. © Marcela Serrano, 1999

ALFAGUARA

De esta edición:
D.R. © 1999, Aguilar, Altea, Taurus, Alfaguara, S.A. de C.V.
Av. Universidad 767, Col. Del Valle
México, 03100, D.F. Teléfono (5) 688 8966
www.alfaguara.com.mx

• Distribuidora y Editora Aguilar, Altea,Taurus, Alfaguara, S. A.
Calle 80 Nº 10-23, Santafé de Bogotá, Colombia
• Grupo Santillana de Ediciones, S. A.
Torrelaguna 60-28043, Madrid.
• Santillana S.A. San Felipe 731. Lima
• Editorial Santillana S.A.
Av. Rómulo Gallegos, Edif. Zulia 1er. piso
Boleita Nte. Caracas 1071. Venezuela.
• Editorial Santillana Inc.
P.O. Box 5462, Hato Rey, Puerto Rico, 00919.
• Santillana Publishing Company Inc.
2043 N.W. 87th Avenue Miami, Fl., 33172. USA.
• Ediciones Santillana S.A. (ROU)
Javier de Viana 2350, Montevideo 11200. Uruguay.
• Aguilar, Altea, Taurus, Alfaguara, S.A.
Beazley 3860, 1437. Buenos Aires.
• Aguilar Chilena de Ediciones Ltda.
Dr. Aníbal Aristía 1444, Providencia Santiago de Chile.
Tel: 600 731 10 03.
• Santillana de Costa Rica, S.A.
Apdo. Postal 878-1150, San José 1671-2050, Costa Rica.

Primera edición en México: septiembre de 1999

ISBN: 968-19-0600-4

D.R. © Diseño:
Proyecto de Enric Satué

D.R. © Cubierta: *Compartment C, Car 193* (1938), de Edward Hopper.
Armonk, NY. Colección IBM Corporation.

Impreso en México

*Para Karin Riedemann, Mónica Herrera
y Elisa Castro. Y por todo lo vivido.*

«*El mundo no te regalará nada, créeme.*
Si quieres tener una vida, róbala».

Lou Andrea Salomé

Se alcanza la resurrección mediante el _{by means of}
viento del cielo que barre los mundos.
El ángel impulsado por el viento no dice:
«*Muertos, resucitad*».
Dice: «*¡Que los vivos se incorporen!*».

Honoré de Balzac
(de los *Fragmentos de Louis Lambert*)

Una loca. Era una loca. Que la mujer del vestido rojo bailando arriba de esa mesa era una loca, le dijeron.

Esa habría sido la primera referencia que obtuviera si aquellas palabras le hubieran ganado en peso a la imagen: una pantorrilla fuerte, musculosa y flexible de perfecto contorno bajo la malla calada de bailarina, miles de pequeños triángulos negros sobre el blanco de la piel como un diminuto tablero de ajedrez mirado en diagonal, diamantes perfectos relucientes entre el remolino. Todo lo demás, el ancho ruedo rojo volando por sobre las cabezas, la melena ensortijada desordenándose más y más a cada movimiento, las gotas de sudor sobre el labio, el cuerpo resuelto al compás de la música, los pies descalzos, la mirada en llamas de hombres recostados sobre un muro rosa brillante, empinando uno tras otro los vasos de tequila, el ambiente espeso de risas cómplices, humo de cigarrillos y mariguana, vahos de alcohol, repleto el local, irrespirable mientras un joven se esfuerza por avanzar para atender un pedido allá al fondo entre las sillas y mesas que se entrechocan, concentradísimo en no derramar una sola gota del líquido incoloro que porta en pequeños vasos cilíndricos, dedales de azul incierto. *Todo lo demás inútil, pues nada de ello le atañe* por haber quedado fijo, colgado del rectángulo que su vista arbitrariamente cerró: una pantorrilla fuerte y flexible de perfecto contorno bajo la malla calada de bailarina, miles de triángulos negros sobre el blanco de la piel.

Ese encuadre lo saturó todo.

Al despedirse a la mañana siguiente, tuvo la osadía de preguntar a la falsa bailarina cuál era su fantasía.

—Tener una casa en algún lugar del mundo. Pintada de azul.

Bang bang. La pelota rebota. Los niños la atrapan. La niña queda mirando, queda mirando, queda mirando. La niña no atrapa nada, la niña solo mira.

Pues sí, supongo que me eligieron por ser mujer. Y porque México ha permanecido acuartelado en mi conciencia. Pero eso no significa que me sienta bien con el caso en las manos. Miento, no solo me siento bien sino incluso importante; reconozco que cuando El Jefe nos llamó y frente a los demás dijo que yo era la indicada, no pude disimular una oleada de orgullo. Por lo tanto, no es que me sienta mal, es sólo que esta situación me pone un poco nerviosa, como si todo esto me quedara grande.

—¿Y cómo lo vas a hacer? —me preguntaron mis compañeros a la salida de la reunión, entre envidiosos y espantados. Miré los cartapacios que cargaba en mis brazos, repletos como legajo de burócrata, y sólo atiné a dar un largo suspiro.

Aferrada a ellos como a una alhaja rara, tomé un taxi en la vereda sur de la calle Catedral. Me di ese lujo pensando que un caso nuevo siempre merece una cierta recompensa y sin ningún remordimiento postergué algunos asuntos pendientes a los que habría atendido de haberme ido en autobús; total, nadie perdería la vida por aplazar la tintorería o el supermercado. Contemplé el horrendo tráfico de la ciudad de Santiago, sintiéndome por completo ajena, excluyéndome con todo desparpajo de las incomprensibles corrientes que van y vienen sin detenerse entre sus habitantes, como víctimas de los vaivenes de un carrusel infernal. Era una tarde de enero y el calor parecía un murmullo. Vibrante y permanente. Sin embargo, nada de esto me afectaba. Yo volvía de tomar mis vacaciones, harta de descanso, de mar, de horas de sueño, de sal en el cuerpo y noches de lectura. Harta es un decir, la verdad es que nunca consigo *hartarme* del descanso; lo anterior sólo significa que me veía a mí misma como un dechado de energías y resuelta a resistir la penetración de la ciudad con su apuro e irritación. Tampoco iba a permitir que el calor me insultara.

Como de costumbre, la jaula del ascensor estaba atascada y me decidí a empinar el cuerpo por el hoyo negro de la escalera. Cuatro pisos. Me resigné a que un poco de ejercicio no me vendría mal.

Al entrar a la casa y tirar las carpetas en el sillón, pegué un grito desde la cocina como lo hacen mis hijos: «¡llegué!».

Me dispuse a preparar un café. Mejor un termo entero, pensé mientras vertía el agua, esto va para largo. Trasladé bandeja y papeles a mi dormitorio con la intención de encerrarme y al hacerlo, lamenté una vez más que el departamento tuviera únicamente tres habitaciones: o un escritorio para mí o los dos niños en la misma pieza; la decisión se tomó por sí sola. El resultado es que llevo muchos años trabajando sobre mi cama.

—¡Mamá! ¿Qué haces aquí a esta hora?

Era mi hijo Roberto en el pasillo, cada día más alto y desgarbado, con la cara somnolienta y la camisa fuera del pantalón.

—Tengo mucho trabajo y en la oficina hay demasiado ruido —respondí mientras lo besaba. —Lávate la cara, mi amor, sigue estudiando y hazte cargo del teléfono. No estoy para nadie.

—Tienes un caso nuevo, se te nota... ¿algo entretenido, por lo menos?

Esta vez fui yo la que no le respondió, como solía hacerlo él conmigo cada vez que se traía algo entre manos. Cerré la puerta de mi dormitorio y una vez acomodada entre los cojines de mi cama, con un aire obsesivo, casi febril, abrí el archivo, dispuesta a recorrerlo una y otra vez, a aprendérmelo de memoria si fuese necesario, como si la existencia de un ser humano pudiera asirse en unas páginas de consulta, aunque éstas contuvieran hasta el más mínimo detalle del recorrido de una vida. El archivo se titulaba en una forma más o menos evidente: C.L. Ávila.

C.L. Ávila.

Tomé su fotografía.

Resulta una mujer misteriosa.

Afirmar que es joven puede llevar a equívocos; desde mi edad aún me lo parece, pero si hago cuentas son cuarenta y tres sus años y mis hijos dirían que no es poco. Entonces, digamos que es una mujer de edad mediana con huellas de juventud en su expresión, de pelo y ojos castaños y un aspecto distraído pero resuelto. A pesar de los distintos planos en que concentra la mirada, la resolución en el inequívoco brillo de sus pupilas es evidente.

Me sorprende el modo en que la determinación adulta en sus ojos convive con una energía juvenil. Es un rostro limpio pero cansado. Un poco inaccesible, tal vez. Los pómulos sobresalen y se adivinan vigorosos tras la tez blanca, casi mate. Digan lo que digan mis hijos sobre la edad, su cuello es el de una persona joven: es allí donde ningún artificio opera, anulando máscaras o disimulos.

Los labios —bastante finos— están en reposo. Ni un asomo de sonrisa en ellos, enmarcados en los costados por dos líneas esculpidas con cincel que bajan desde la nariz, delatando la cantidad de risa, tanta risa la ha desbordado a través de los años. El pelo, castaño como ya dije, ensortijado y abundante, cae hasta los hombros en ondas naturales un poco desordenadas. No lleva aros ni anillos. Viste una prenda negra holgada, miro el escote redondo pero no alcanzo a distinguir si es un vestido o una blusa o una simple polera porque el retrato es de medio cuerpo. Caprichosamente, el lente cortó su figura por la mitad. El fondo rectangular de verde difuminado da la impresión de aire libre, de arbustos o de algún tipo de planta exuberante. Está sentada sobre un sillón blanco. Acercando la vista distingo la textura del fierro forjado como en las sillas de los buenos jardines. Su codo reposa blando sobre el brazo del sillón, entregado, más bien resignado, mientras su mano apoya el mentón, dándole una apariencia distante, perdida, inmersa en algún mundo propio vedado a los comunes mortales, negada toda invitación. Supongo que su otra mano descansa en la falda pues, como ya dije, el corte de la fotografía no me permite afirmarlo.

Da la impresión de estar un poco aburrida mientras mira a la cámara. No se entrevé indicio alguno de ansias de agradar. Ni un anuncio siquiera. Como si no estuviera ahí. Y en su expresión no se lee ni el bien ni el mal.

En el costado derecho del papel satinado —casi en el borde— alguien escribió con pasta azul: Octubre 1997. Presumo que ésta es la última fotografía que le tomaron.

La casa del Rector Tomás Rojas se situaba en el barrio alto, a los pies de la cordillera de Los Andes. A las nueve en punto divisé a través de la reja negra de fierro su fachada georgiana y desistí de contar la cantidad de puertas y ventanas que daban al pasto verde y cepillado del jardín. Agradecí haberme vestido esa mañana con el severo traje sastre azul de lino.

—Para mayor privacidad la quise recibir aquí y no en mi oficina. No le molesta, ¿verdad? —me preguntó luego de haberme estrechado la mano fría con cierta ceremonia. Me hizo pasar a su despacho, ubicado en el primer piso, en una pieza llena de luz, de una calidez calculada. El ventanal, la madera noble y el cuero de los sillones se ajustaban a la más estricta convención.

Cuando ya hubo pedido los respectivos cafés a la misma empleada que me había abierto la puerta, se sentó frente a mí y cruzó las piernas. Su aspecto confiado cubría cualquier agitación interior, en caso de que la tuviera. Me dieron unas ganas enormes de prender un cigarrillo, pero me contuve, pensando que no deseaba causarle una mala impresión. Tampoco fui capaz de recostarme en el respaldo del mullido sofá. Permanecí en el mismo borde, con la espalda muy erguida y los pies religiosamente juntos.

—La policía se ha dado por vencida. No lo han planteado de ese modo, pero es lo que puedo deducir. Ya han pasado dos meses.

—Por eso recurrió a nosotros, supongo —le respondí.

—Supone bien. Algunos amigos me han hablado de ustedes y concluí que quizás podrían llegar más lejos. No sé... es una esperanza.

—Veamos... ¿por qué no partimos desde el principio? Le ruego que me excuse, señor, pero a pesar de que estamos al tanto de la situación, deberá repetir toda la historia una vez más...

—Me lo suponía —dijo con aire cansado.

Se pasó la mano por el mentón y acarició su barba gris, cuidadosamente recortada. Luego tomó los lentes. Decidió limpiarlos y, mientras lo hacía, concentrado, vi su mirada libre de obstáculos y reconocí en su expresión a un hombre que maneja la exacta medida de su importancia y que de alguna forma tácita y oblicua lo hace saber. No sé por qué me recordaba una estatua ecuestre.

Aquel breve silencio fue interrumpido por la empleada que traía el café —una señora gruesa envuelta en un respetable delantal negro— y mientras él decía «Gracias, Georgina», yo me anticipaba a la conversación que debería sostener con ella más tarde. Me fijé que el Rector llenaba su taza con tres cucharadas de azúcar y me pareció un poco excesivo; el ruido que producía la cuchara plateada contra la porcelana amenazaba distraerme cuando por fin se decidió a hablar.

—La madrugada del miércoles 26 de noviembre del año que acaba de terminar...

—1997 —puntualicé.

—Ese día fui al aeropuerto a buscar a mi esposa que venía de Miami en American Airlines. El avión aterrizó a la hora programada pero ella no llegó. Me volví pensando que habría perdido el vuelo, pero en mi fuero interno, me sorprendió que no me avisara. Se supone que tenía que abordar el avión la noche anterior en Miami, por lo tanto habría contado con tiempo de sobra para llamarme. Bueno, eso lo pensé muy brevemente, la verdad es que no le di mayor importancia. Me fui a la Universidad, esperando tener noticias suyas. Pero no las tuve... —hizo una pausa que en otra persona podría haber sonado melodramática, pero él agregó con sobriedad. —Hasta el día de hoy.

—Ella fue a Miami para asistir a la Feria Internacional del Libro, ¿cierto? —ratifiqué por la necesaria rutina de chequear datos sabidos.

—Efectivamente participó en la Feria, se alojó durante cinco noches en el Hotel Intercontinental en el Bayside de Miami, hasta el martes 25 por la noche cuando hizo el *check-out* como corresponde; se despidió de un par de escritores que estaban en el lobby y tomó un taxi estacionado en la puerta del hotel. El taxista ha confirmado que efectivamente la dejó en el aeropuerto. Fue la última persona que declara haberla visto, ¿voy bien?

—Sí ¿Para qué me hace hablar si usted se sabe la historia de memoria? —en su voz y en su expresión se insinuaba un leve, levísimo sentido del humor.

Esbocé una mínima sonrisa y continué.

—Perdón, debo hacerlo. El trabajo de la policía chilena fue efectivo y se puso en contacto con la Interpol, se revisaron todos los vuelos de esa noche y de las siguientes, hasta hoy, presumo. Ella no tomó ninguno. Al menos, con su nombre. Tampoco apareció un cuerpo de mujer, vivo o muerto, con sus características en todo el Estado de Florida.

—En ninguna parte del país —acotó—. La policía norteamericana ha cooperado en todo lo que ha podido.

—Bueno, es lo mínimo... desapareció en su territorio, después de todo, y ella no es cualquier hija de vecina. —(Mientras él asentía, me mordí el labio pensando que de estar escuchándome, El Jefe me diría: abstente de dar opiniones, cíñete a los hechos, sólo a los hechos).

—No olvide que tiene nacionalidad norteamericana, por su padre —agregó. —La mitad de su sangre es gringa.

—Sí, por cierto. Dígame, señor Rojas —le pregunté sin ambigüedades, mirándolo directamente a los ojos—, ¿cuál es su corazonada, si es que tiene alguna?

—Que está viva.

Silencio mortal. Lo quebré con algo casi pedestre.

—Retiró todo el dinero de la cuenta de su banco de Nueva York durante los cinco días de su permanencia en Estados Unidos. ¿Qué le sugiere eso?

—Nada. No tiene importancia —respondió con una mirada con la que me despachaba. —Ella no estaba contenta con el servicio del banco y antes de partir me comentó que pensaba abrir una cuenta en otro.

—Cosa que aparentemente no hizo, lo cual *sí tiene importancia*. En el momento de su desaparición cargaba con una buena suma de dinero.

—Efectivamente.

De nuevo el silencio. Por supuesto, yo fui la responsable de interrumpirlo. Antecedentes me sobraban, lo que yo buscaba era una sensación.

—Entonces, ¿por qué cree que está viva?

—No soy un hombre sentimental, señora Alvallay. Seguiré creyéndolo mientras no se me demuestre lo contrario. Para ser concreto, mientras no aparezca su cadáver.

Bien, me dije, he aquí al menos un virtual deudo que no sacraliza ciertas palabras. Volví a embestir.

—¿Y tiene usted alguna intuición sobre qué le puede haber ocurrido?

—Por lo general, trato de no guiarme por intuiciones. A pesar de eso, a veces... bueno, se lo confieso: a veces se me viene a la mente la guerrilla.

—¡¿La guerrilla?!

—Presiento que la han secuestrado.

—Ahora que no está don Tomás, ¿podemos hablar en confianza?

—Esa es la idea, Georgina. Todo lo que usted me cuente puede ser útil para saber qué pasó.

Estamos sentadas en el escritorio de C.L. Ávila, el único lugar de la casa que parece pertenecerle. No logro asociar esta mansión con la imagen de la escritora. Me siento cómoda entre los cojines hindúes y las alfombras baratas. El sillón donde se ha instalado Georgina —ahora es ella la que se sienta en el borde— es de cuero viejo y gastado. Un incienso a medio usar reposa apagado sobre una pequeña bandeja de madera entre varios candelabros, todos de diseños especiales y anchas bases cuyas velas ya han sido prendidas a juzgar por la cera que las abraza. Los objetos están vivos, más allá de posar como simples ornamentos. Un enorme *árbol de la vida* mexicano color arcilla es la decoración central de la habitación. Me detengo en la figura del diablo, que burlón espera a la serpiente, enroscada contra el tronco cual amante ardorosa; Caín y Abel luchan por quitarle el protagonismo a Adán y Eva que se deslizan a través del follaje seguidos por una calavera que ríe a sus espaldas. Reprimo las evocaciones de ese país que conozco tan bien, no es el momento de reconstruir imágenes del México colorista cuya religión es la muerte.

—La verdad, aunque no suene muy bien decirlo, es que nunca he considerado a la señora Carmen mi patrona.

—¿Por qué?

—Porque para ser patrona hay que saber mandar, hay que desear hacerse respetar. Y a ella la casa no le importaba nada. Siempre metida en esta pieza... Viera usted el olor en la mañana cuando yo abría las ventanas. ¡Quién sabe cuántos cigarrillos se fumaría!

—¿Cuándo comenzó usted a trabajar aquí?

—Mucho antes de que ella llegara. Yo estoy con don Tomás desde que estaba casado con la señora Alicia. Entonces sí que esto era una casa. La pobre señora Alicia... Si usted supiera cómo ha sufrido la pobrecita... De la noche a la mañana don Tomás la abandona. Así no más...

—¿Por qué no se fue a trabajar con ella cuando se separaron?

—Una tiene sus responsabilidades también, señora, y aquí pagan el doble que en otras partes... lo único bueno ha sido Vicentito. A él sí que lo quiero. Llegó de catorce años. Yo prácticamente lo crié.

Recoge una pelusa que baila en la alfombra y se lleva las manos a la cabeza.

—¿Sabe usted cuántas veces me la encontré aquí dormida... ahí en ese sofá cama en que está usted? Ahí se dormía la señora Carmen cuando se quedaba hasta muy tarde... Yo no entiendo qué tanto hacía.

—Escribía, ¿verdad?

—Pero eso no es un trabajo, no, ¿desde cuándo escribir y trabajar son la misma cosa? La señora Alicia se levantaba a las siete de la mañana, todos los días, aunque lloviera. Y antes de irse hablaba conmigo y me decía todo lo que tenía que hacer, disponía el almuerzo y la comida. ¿Usted cree que la señora Carmen sabía disponer? Haz lo que quieras, Georgina ... Eso me decía. Se le olvidaba cuánto le pagábamos al jardinero, nunca sabía cuándo venía la Andrea a lavar y a planchar. «¿Viene hoy la Andrea, Georgina?». «No, pues, señora, si hoy es miércoles». La Andrea viene los martes y los viernes hace ocho años, señora, ¿se da cuenta? Cada seis días la señora Alicia pasaba el dedo por el vano de las ventanas buscando polvo. ¿Cree usted que alguna vez la señora Carmen se preocupó por eso? Y cuando me pedía que no le pasara llamadas porque estaba trabajando... ¿qué le iba a decir yo a la gente que la llamaba? Si el teléfono sonaba tanto, y yo me preocupaba cuando las llamadas venían de lejos, de Alemania, de España, de Argentina, ¿cómo no la iba a llamar si eran de larga distancia? ¿Se da cuenta usted lo que valen esas llamadas? ¿Sabe?, me anduve asustando antes de que partiera en su último viaje. Un día que la interrumpí, ¿sabe lo que dijo? «El teléfono es obsceno». Achicó los ojos, se le endurecieron, créame. Con cada llamado encogía el pecho, parecía que le hubieran pegado medio a medio. No es normal, ¿cierto?

Ahora que el Rector va camino a la universidad, saco mis cigarrillos y le pregunto si ella fuma.

—Ya pues, deme uno.

Recuerdo que los pobres no es que fumen o no, es que fuman cuando se les ofrece. Le enciendo el cigarrillo y lo inhala, pero se ve que no lo aspira. Se acomoda más relajada en el sillón de cuero, parece bastante menos circunspecta que cuando nos servía el café en el estudio.

—Cuando llegó, hace ya nueve años, parecía la hija del señor, no su esposa. No era la edad, era la pinta... ese pelo largo todo enmarañado... los vestidos hippies... Cuando el caballero le pidió que se lo cortara, ella casi se pone a llorar en la mesa. Don Tomás hizo arreglos en la casa cuando ella llegó, para que no fuera igual a la de la señora Alicia, supongo. Y le hizo un vestidor. Le compró ropa. Pero ella llegaba a la casa y se cambiaba al tiro, puras túnicas le gustaba ponerse. Y don Tomás es de lo más fijado con la ropa, a veces me devuelve el terno una y dos veces porque no lo encuentra bien planchado. A su ropa de tenis debo pasarle blanqueador, si no, se enoja. Hasta se hace la manicura. ¿Y ella? Nunca se pintó las uñas, ¿sabe usted? Nunca, nunca. Hasta una se preocupa de pintarse y ella no. Además, no quería al Bubi.

—¿El Bubi?

—El perro. Lo tengo amarrado hasta que usted se vaya, es bravo. Cuando la señora Alicia vivía aquí teníamos varios perros... los querían mucho. Como nadie se tocaba con nadie en la casa, tocaban a los perros... pero se los llevó la señora Alicia.

—¿Recibían a mucha gente?

—A don Tomás le gusta tanto recibir... a ella no y los que venían eran siempre invitados de él, no de ella. A cenar venía gente muy formal, muy estirada. Y a la señora Carmen la ponían en la cabecera como un adorno, porque los invitados siempre querían conocerla. Por sus libros, ¿me entiende? Como que a don Tomás le gustaba mostrarla. ¿El living? No lo usaba nunca, no sé para qué yo hacía tanto aseo... toda la vida se la pasaba en esta pieza, cuando estaba en

Santiago, eso sí, porque viajaba mucho la señora. Llegaba siempre tan cansada, decía que había trabajado tanto...

—¿Recibía a muchos periodistas?

—Sí, pero ni a la mitad de los que llamaban...

—¿Qué amigos venían a visitarla?

—A veces venía don Martín, puro whisky había que darle, pero es simpático don Martín, ¿lo conoce usted, al escritor?

—Todavía no.

—Bueno, es de lo más dije, me hace reír, él viene siempre a almorzar, «¿Qué me tiene de rico, Georgina?», me pregunta cuando le abro la puerta. Cuando la señora Jill viajaba a Chile, se alojaba aquí y se encerraban horas a conversar... ¿La conoce usted? Es gringa. Ahora está aquí la señora Jill, no sé porqué se quedó en un hotel. La señora Jill es rubia. Viera usted las cuentas de correo que se pagan en esta casa... todos los días el cartero traía cosas, de todas partes del mundo.

—¿No tenía muchas amigas?

—Amigas íntimas, parece que no, aparte de la señora Jill. Bueno, la que venía siempre era la señorita Claudia, usted sabe, su asistente. Fue la que reemplazó a la señorita Gloria... yo le tenía cariño a la Glorita, tan sencilla ella, trabajó harto tiempo aquí pero de un día para otro no volvió más. Parece que hubo algún enredo.

Me dio pena, nos habíamos encariñado todos con ella, era pariente de la señora Carmen, ¿sabía usted?

—No, es la primera vez que escucho su nombre. Sé de Claudia, su asistente actual.

Anoto mentalmente la existencia de Gloria, este nuevo personaje que surge, mientras Georgina, contenta de sentirse protagonista, continúa.

—No molestaba la señorita Claudia, venía todas las mañanas por un par de horas. Se metía aquí al escritorio, estuviera la señora o no, y se ponía a trabajar, ella atendía el teléfono de la señora a esa hora. Cuando se iba, dejaba la maquinita puesta, ésa que está ahí al lado del fax, yo no sé cómo diablos funciona... Lo malo es que cuando se iba, empezaba a sonar el teléfono de la casa y me interrumpía tanto... Almorzaba afuera harto seguido la señora Carmen, me avisaba siempre con quien iba a almorzar, pero yo soy re mala para los nombres. Ahí vería a sus amigos, supongo. A veces salía más arreglada y me decía que tenía una reunión de trabajo, parece que las reuniones las hacía a la hora del almuerzo. A la vuelta se recostaba un rato, decía que en México se acostumbró a la siesta, ella iba harto a México, ¿sabía usted eso? Vivió allá. ¡Qué suerte la suya! Yo, desde que veía las películas de Pedro Infante y Jorge

Negrete, en el cine Santiago, ¿se acuerda?, de entonces que quiero conocer ese país... ¡Qué pena que me dio cuando cerraron el cine! Bueno, ahí sí que la señora tenía amigos, parece, en México. Y cuando viajaba, entonces a mí me venía el cariño por ella porque siempre me traía cosas lindas, discos de Miguel Aceves Mejía, de Pedro Vargas... un día, ¿sabe lo que me trajo?, una película de Cantinflas y otra de la Sarita Montiel... ¿se acuerda de *La Violetera?*, ésa me regaló, ahí sí que se pasó la señora... yo anduve de buen genio harto tiempo gracias a eso.

Suaviza el negro de sus ojos, como a pesar de sí misma, y pareciera que sus pómulos subidos se ampliaran aún más. Aprovecho para preguntarle por Tomás, a ver si la pillo desprevenida.

—Nunca peleaban, nunca.... ¡por Dios que es cierto!, y le doy un beso aquí, a mi dedo gordo, ¿ve?, para que me crea.

Georgina debe estar convencida de que dice algo positivo, pero la vida me ha enseñado algo más que eso.

—Agradecida debía estar la señora Carmen, ¡apuesto a que nadie nunca la ha querido tanto! Como que una sentía la protección que le daba. La trataba como a una porcelana. Las únicas discusiones las tenían por la casa esa que se compró don Tomás...

—¿Cuál casa?

—La de la playa. En Cachagua. Una vez oí al señor diciendo que debían veranear allá, por la gente que iba. A la señora Carmen no le gustó nada eso. Ella no lo acompañaba. Decía que a lo único que se dedicaban en la playa era a la vida social. Pero aparte de eso, se respetaban mucho. Cuando tenían invitaciones, de esas que le llegan tanto al caballero, ella partía sin chistar... para mí que le daba harto aburrimiento, pero no decía nada, siempre lo acompañaba. Si el problema de la señora no era con don Tomás, él era muy bueno con ella.

—¿Cuál era el problema, entonces?

—Que andaba siempre en otro mundo, siempre. Y se veía que le costaba, como que le dolía tener que hacerse cargo de las cosas... Según ella nunca nadie le enseñó. ¿Sabe? Ya sé cuál es el problema de la señora... ¡no quería hacerse cargo de nada! Eso es. ¡Absolutamente de nada!

El autobús de vuelta a casa apestaba. Era el calor. Sentía las manos y el cuello pegajosos. Hasta la entrepierna, perfectamente cubierta por los pliegues del lino azul, transpiraba. No, no era culpa del sobrepeso, era este calor atroz... Y sentí por primera vez un atisbo de comprensión hacia el personaje de Camus en *El extranjero* que termina matando a un hombre porque sentía demasiado calor.

Abandoné el bus en Providencia y me dirigí hacia lo que llaman el Drugstore, entrando a una de las buenas librerías que abundan en ese sector. Pedí todas las novelas de C.L. Ávila, cinco en total.

—¿Otra más de sus fanáticas? —me preguntó divertido el vendedor.

—¿Tiene muchas?, —le pregunté previendo la respuesta.

—¡Miles!, y más aún desde que desapareció —me contestó sonriente.

Pagué con mi dinero porque dudé si la oficina justificaría la necesidad de repasar cada uno de sus libros, quizás lo tildarían de inútil. De todos modos, me gusta la idea de tenerlos, cada vez que compré una de sus novelas mis amigas se la pasaron de mano en mano y nunca las recuperé. Aunque debo reconocer que yo he caído también, por puro descuido, en el feo hábito de no devolver libros prestados.

Durante el trayecto desde la calle Lyon hasta la Plaza Italia revisé las fechas de publicación y las dedicatorias en cada una. Doce años, cinco novelas: supuse que no estaba mal como productividad para una mujer que no hace mucho debió cruzar la mitad de su vida. La primera *Los muertos no tienen nada que decir* era de 1984 y tenía una dedicatoria, a mi modesto parecer, un poco impúdica: *A mi amor, mi tonto, mi niño.* El guerrillero, aquel que saliendo del archivo torturó mis sueños la noche anterior, apareció ante mis ojos: sí, debía ser para él. La segunda *Azolada, diezmada y yerma,* era para sus consanguíneos: *Para Vicente y Aunt Jane: indivisibles.* (Su faceta materna parecía más sobria que la de amante). La tercera *Entre las bellas rosas* ya es para Tomás, se han conocido entre la novela anterior y ésta y efectivamente al lado de la palabra *copyright* figura el año 1991. *Para Tomás: ¡por fin!* (¿Por fin qué?). En la cuarta, titulada *Algo próximo pero dormido,* le rinde nuevo homenaje: *Para Tomás, esta vida, la otra y la que vendrá.* La quinta, siempre escueta: *Para Jill, donde quiera que sea.* Su fecha es bastante reciente: 1996. Pensando que ésta será la que más interés me provoque, leí su título: *Un mundo raro.*

Temiendo que nunca más llegase a manos de sus lectores un nuevo título, un súbito pavor me golpeó: que de alguna forma eso dependiera de mí. Pienso en sus editores incrédulos, en su agente literaria al borde del desgarro, en los libreros desesperados, en los lectores de duelo, lanzando mandatos irracionales sobre las autoridades para que les devuelvan lo que es de ellos, como si C.L. Ávila les perteneciera. Todo un engranaje del mercado en desgobierno: atónito y acechante. Y yo, Rosa Alvallay, entre todas las personas que habitan el universo, yo me he ofrecido para responsabilizarme. ¿Es que me volví loca?

Para apartar tal idea de mi cerebro tostado por el sol de enero a través del vidrio herméticamente cerrado de la ventana del autobús, acudí a los recuerdos de los cursos de Literatura que tomé en la UNAM como oyente al llegar a México, cuando mis estudios de Derecho aún no encontraban cauce y todos comíamos gracias al que era mi marido, segura entonces de que aquellas horas de lectura y de análisis me harían más llevadera la carga del exilio. Hoy, por primera vez, las agradezco en términos de utilidad puntual.

Ana María, la hija del rector Tomás Rojas, no llegará a Santiago hasta mañana. A Vicente tampoco podré verlo hasta dentro de cinco días. Y la situación con Claudia Hoffmann, su asistente, es caso perdido, estará de vacaciones hasta marzo. Fatal empezar un caso en el mes de enero en el Cono Sur. Lo único peor sería comenzarlo en febrero, cuando todo se convierte en un gran cementerio de provincia.

Al llegar a casa, vacía durante esas horas de la mañana, dudé si volver a hacerme un café luego de los tres que tomé con el Rector. Terminé optando por una cerveza helada que no era una Dos Equis como las que tomaba en ciudad de México sino una simple Escudo. Me dirigí al teléfono. Mis dos llamadas fueron exactas, perfectas. Contaba con cuatro horas de lectura antes de volver a salir. Necesitaba hacerme una idea de cómo funcionaba la mente de C.L. Ávila. A falta de aire acondicionado, prendí el ventilador.

En las novelas negras nada es como parece ser, había declarado una vez la escritora a la prensa, por eso me avengo tanto con ese género. Claro, su pieza de trabajo estaba llena de aquellos volúmenes. Irremediable, la sorda punzada de la envidia me atacó cuando el Rector me llevó a su escritorio y divisé esa cantidad de títulos en los estantes. Después de todo, Pamela Hawthorne, la investigadora heroína de sus novelas, era abogada como yo y nuestros trabajos no diferían mucho uno del otro. Claro, el mío no llevaba anclado a su esencia ningún glamour y tampoco yo llegué a esto por vocación —como ella— sino por una cadena de fracasos consecutivos desde el día en que, esperanzada, hice mi retorno al país, poco antes de comenzar la transición a la democracia. Tampoco trabajó Pamela en organizaciones de Derechos Humanos ni aprendió a investigar por la primitiva y loca razón de querer ayudar a sus semejantes. Y si sigo con las comparaciones, ella no es madre de dos hijos, no dejó a un marido en el otro hemisferio ni atiende sola una casa, amén de financiarla. Y por supuesto, dato crucial, yo no cuento con los esplendorosos treinta años de Miss Hawthorne.

Pero, volviendo al estante en el escritorio de C.L. Ávila, parece que ha elegido bien en quien inspirarse. Al menos conté veinte libros de Patricia Highsmith, unos diez de P.D. James, todo Chandler, todo Hammet —lo que no arranca muchos centímetros al mueble— y otros nombres desconocidos para mí, como

Ross Macdonald, Chester Himes, Sue Grafton y algunos que no retuve. A medida que avanzaba en las secuencias meticulosamente ordenadas, éstas se actualizaban en el tiempo al incluir nombres como los de Vázquez Montalbán o Luis Sepúlveda, de quien entiendo era amiga, los compromisos con Chile y la novela negra fueron un poderoso lazo de unión entre ambos. Supongo que ella ha querido marcar una diferencia al no ostentar ni un solo título de Agatha Cristhie o de Simenon. No en vano recuerdo que la única vez que la vi fue en una conferencia en la Universidad de Chile: explicaba con énfasis la diferencia entre la novela negra y la policíaca. Yo adoro a Simenon y me ha sacado de apuros más de una vez, en aviones retrasados o noches de insomnio, pero qué va, serán —supongo— caprichos de escritora. En otro mueble, separado de éste que relato, guardaba la literatura global, por decirlo así, la que no pertenece a la categoría negra, muy bien clasificada según países de origen. Me hermané de inmediato con ella al contemplar la sección mexicana. Tantos de esos títulos fueron también míos, la diferencia es que yo no pude traérmelos y hasta el día de hoy reposan en la ciudad de México en los anaqueles del que fue mi marido.

—¡Cuántos libros! —era un imperdonable lugar común, pero no pude dejar de decirlo.

—Son producto de estos años. Cuando la conocí no los tenía —me contestó Tomás con un dejo de orgullo posesivo. —No tenía nada...

—Pero ella ya escribía cuando usted la conoció...

—Sí, pero su vida era tan desordenada que no llegaba a acumular nada. Ni siquiera tenía una casa fija... viajaba entre México y Estados Unidos, donde vivía Vicente, y su vida mexicana... bueno, la verdad es que dejaba bastante que desear.

—¿Me quiere decir que se trasladó a Chile con maletas y punto?

—Para ser exactos, con una sola maleta... con la que apareció en esta casa el día en que nos casamos. «¿Esas son todas tus posesiones?», le pregunté atónito al recibirla, y su respuesta fue la siguiente pregunta: «¿Por qué? ¿Acaso es mucho o es muy poco?» —la ternura visitó brevemente sus ojos, una visita brevísima, la primera que percibí, y él la ahuyentó de inmediato, como si recibirla lo debilitara.

—A propósito —continuó, cambiando la expresión y el giro a sus palabras— tiene usted pleno acceso a esta pieza si lo necesita, no se ha tocado nada desde su partida.

—Cuadernos, diarios, ¿solía mantenerlos?

—Diarios de vida, no. Pero podríamos llamar diarios literarios a los apuntes que tomaba al escribir o al preparar una novela. Están en el segundo cajón. Si no le molesta, preferiría que los revisara aquí en casa.

Como un resorte partió mi mano hacia ese segundo cajón pero contenía sólo dos volúmenes y por cierto, muy bien encuadernados. Supuse que registrando encontraría los otros. Después de todo, ¿cuándo ha sabido un marido dónde guarda una mujer sus cosas? Abrí una página al azar, necesitaba conocer su caligrafía. Los escritores son los únicos seres de esta tierra que actualmente se dan el lujo de usar lapiceras o plumas fuentes como las llamábamos en mi época. Los gerentes de empresas importantes o los ministros de Estado las utilizan, de acuerdo, pero sólo para firmar, ellos no escriben nada y las Montblanc o las Waterman descansan la mayoría del tiempo. Los mortales como yo ocupamos simples lápices a pasta, vulgares bolígrafos plásticos, no hay tiempo para nada tan fino como la tinta o el tintero.

Me atrajeron esos grafismos largos y angulosos, eran fuertes, casi masculinos. Leí. Pero comprendí de inmediato la dificultad que supondría en la lectura de cualquiera de sus cuadernos. Las frases sintéticamente desparramadas frente a mi vista, ¿eran un diálogo entre dos de sus personajes?, ¿tenía que ver con la peculiar personalidad de Pamela Hawthorne?, ¿o era ella misma la que

hablaba, camuflando sus obsesiones en las inocentes apariencias de un diario literario?

«*Dijo William Blake que el único camino
para la sabiduría es el exceso. ¡Y mira que sí supo
de eso!*».

«*Bueno, si Blake lo decía...*».

—¿*Por fin?* Por fin la normalidad, por fin la estabilidad, por fin un padre para su hijo. ¡Por fin dejar atrás todo lo que había sido! Es una dedicatoria evidente —me dice enfático el escritor, sorbiendo un poco de whisky desde su vaso escarchado.

Qué diferente resulta conversar con él que con Tomás Rojas. Todo su entorno es informal, su casa, su ropa, su manera de dirigirse a mí, su pelo desordenado donde un mechón insiste en caerse sobre la frente, los vasos sucios en la cocina y los ceniceros rebalsados entre un revoltijo de papeles y libros esparcidos por el suelo de la sala. Aquí sí puedo fumar.

—¿Cómo juzgarías tú esa relación?

El «tú» no fue idea mía, cuando trabajo trato de ceñirme al más neutro de los protocolos: fue él quién lo impuso desde el minuto en que salió a atenderme al tocar el timbre en su pequeño y nada lujoso departamento en el centro, frente al Parque Forestal. Ausentes las hojas de los árboles sobre el suelo, el verano le roba el precioso conjunto de dorados al otoño y le imprime al parque un cierto aspecto desolado, lo convierte en polvareda, en niebla seca. De súbito me pareció irreal estar sentada en esa cómoda sala frente a Martín Robledo Sánchez, mi favorito de los escritores nacionales.

—Ella no amaba la obsecuencia ni la sentía cercana a sus impulsos, eso quiero dejarlo claro. Pero algo de Tomás se estrellaba de tal forma contra ella que la llevaba a ser obsecuente. Era una mezcla de respeto, de agradecimiento y de temor.

Debe perdonar que aborde este tema, le dije con mucho cuidado esa mañana a Tomás Rojas, pero me es imprescindible saber cómo era su relación con ella. Perfecta, fue la inmediata respuesta del Rector, teníamos un matrimonio muy bien avenido; no es por allí, señora Alvallay, que debe hilar fino. No insistí por el momento, pero en mi fuero interno quedé sorprendida, ¡qué difícil resulta ser así de categórico frente a un asunto tan complejo! Y él no parecía estar mintiendo.

—Un día Carmen me contó lo siguiente: Tomás tomaba puntualmente las cuatro comidas del día pues sólo así su metabolismo mantenía el equilibrio requerido. En ella, ningún reloj interno que no fueran sus ganas funcionaba, comía sólo cuando se le antojaba, cuando venía el hambre o a veces la pura glotonería. Hasta que lentamente su propio cuerpo empezó a necesitar lo mismo que el de Tomás.

Su mirada fue significativa.

—Quizás Carmen le dio a Tomás un poder determinado sobre ella que con el tiempo quiso retirar —como una sentencia en sus labios.

Se hundió en un silencio pensativo que me permitió levantarme de mi asiento y desocupar, en la cocina adyacente, el cenicero. Al volver a mi puesto, su actitud era otra vez liviana.

—Carmen llegó a Chile precedida por su fama internacional. No le costó nada hacerse un espacio en nuestro mundo literario. Si hubiese escrito su primera novela desde Chile y en español, otra habría sido la historia... pendejo tercer mundo... Se relacionaba más o menos bien con todos, pero siempre mantuvo una cierta distancia. Yo fui una excepción, nos tocó viajar juntos varias veces y eso nos acercó. Sí, yo diría que soy su único amigo en este mundillo, un mundillo de mierda, tú sabes. Todos le rendían pleitesía porque era famosa, pero la descueraban en cuanto daba vuelta la espalda. Bueno, nada nuevo... nuestro deporte nacional... Yo la quiero mucho. Incluso podría haberme enamorado de ella si me lo hubiera permitido. No es una mujer hermosa, no. Pero hay algo en su corporalidad que la hace parecer apta para grandes pasiones. Sin embargo, es una esposa fiel.

Lo escuché, lo escuché largamente.

—Tomás no le hacía mucho caso a su escritura, creo que no le quedaba espacio. Parecía habitar mundos más importantes que el nuestro, más consistentes, quizás debiera calificarlos como más materiales. No olvides que él es economista, después de todo. Muy de acuerdo a los tiempos, ¿no te parece?, llegar a la Rectoría con esa profesión a cuestas luego de haber lucrado de ella como corresponde —me miró con la expresión de un niño travieso y optó por cambiar el tema. —Harta gracia imponerse así con apenas un metro sesenta y cinco. Como yo soy alto, me divierto mirando en menos a los más bajos... pero con Rojas no me resulta. Es como un gallito de la pasión, siempre sacando pecho. Se deja algún día de ser rector, tú sabes, pero no así escritor. La verdad es que nos ignoraba, educadamente, pero nos ignoraba igual. Quizás a mi menos, por ser tan amigo de Carmen. A fin de cuentas, es buena persona Rojas, pero un poco derechista para mi gusto... ¡y tan mundano! ¿Tú puedes creer que alguien en su sano juicio disfrute de los cócteles? ¿Y de las comidas formales?

Habla con el tono de quien supone que todo el que escuche le dará la razón, como si no hubiera verdad posible lejos de la suya y eso me hace gracia.

—Yo almorzaba con ella, era la mejor hora para verla y de paso me aseguraba saltármelo a él. Era más espontánea cuando estaba sola. Bueno, quizás todos lo somos, ¿o no, Rosa?

Le sonreí y acepté que volviera a llenar mi vaso, aunque fuese de pura agua mineral. Si C.L. Ávila no poseía reloj interno, yo sí, y el mío era muy estricto: un whisky a las cinco de la tarde podía matarme.

—Carmen era... perdón, es. Es de risa fácil, tierna y violenta a la vez y, créeme, no se requiere más de un instante para que pase de un estado a otro. Insiste en que su bisabuela era gitana y que de allí vienen sus desajustes. ¡Mitos! ¿Qué escritor no los necesita para posicionarse a sí mismo como un personaje? Pero quizás es cierto y de ahí heredó ese cuerpo tan libre, tendrías que haberle visto, era pura corporalidad, gestualidad. No he conocido nunca a nadie que sufriera tanto de sentirse prisionera de la mera formalidad existente; ella debiera haber sido una habitante de la selva... o de los bosques... nunca de una ciudad tan tiesa y poco original como Santiago. Cuando la conocí, pensé: tiene muy buenas piernas, no debe escribir bien. A mí, en lo personal, no me seduce su estilo, creo que le falta densidad. Pero no es mucho decir porque no me seduce el estilo de nadie... Lo sorprendente es cómo, poco a poco, el único mundo en que le interesaba vivir era el imaginario. A través del tiempo, leía más y más. Se cree que todos los escritores leemos mucho, pero no es cierto. Yo nunca tengo la serenidad para hacerlo... tomo un pasaje determinado, releo alguna página que hace años me sobrecogió. Ya tengo seleccionadas en mi cabeza las diez novelas que valen la pena y nada que se publique me hará cambiar ese parecer. Por eso no leo los libros nuevos, sólo los hojeo. Carmen no, estaba bastante al día y daba la impresión de que el mundo real no le interesaba, o cada vez menos. Siempre estaba escribiendo o leyendo. Todo lo demás le sobraba, vivía en la ficción permanente. De hecho, ella siempre relata que en la infancia su tía Jane la atiborró de libros en español con el objeto de no perder el idioma; es decir, adquirió el hábito de leer a los once años y no se detuvo nunca más... Por eso miraba en menos el estudio formal y las universidades, todo lo aprendía de los libros. Como diría mi abuela, gozaba de una buena dosis de vida *interior,* vida de la cual yo carezco, por supuesto.

Se detiene, toma el paquete de cigarrillos que descansa al lado de la botella de whisky y enciende uno. Sus palabras se cuelan entre la humareda.

—¿Sabes? A veces me pregunto qué era lo que no le gustaba de su vida, siendo tan privilegiada. Por ahí va la médula de su neurosis.

Trato de intervenir lo menos posible, confío más en el vuelo que van tomando sus pensamientos que en cualquier pregunta mía.

—Pienso que si ella no hubiera existido, alguien debía haberla inventado. Quizás yo mismo...

Es más buenmozo en vivo que en las fotografías o la televisión. Si bajara unos cinco kilos, sería casi perfecto.

—La locura no cabe en el mundo, Martín, me dijo una vez, si yo le diera cauce a la mía, me señalarían como una disociada, un elemento perturbador sin ningún encanto que sólo daña a los que están a mi alrededor; nadie me rescataría, como hubiera sucedido en los años veinte o treinta. Yo sí, Carmen, le dije. Ella me sonrió melancólica.

Los ojos del escritor se ensombrecieron.

Tonta, Carmen, pensé, ¿cómo no te dejaste seducir por este hombre?

—Compartíamos un elemento crucial: soportar mal la vida pública, ella se cansaba de sí misma con enorme facilidad, como yo. En ese sentido, no es egocéntrica.

Mientras me beneficio de la duda frente al tema del egocentrismo en los escritores, apunto mentalmente cómo se le enredan los tiempos verbales. A veces se refiere a ella como si estuviese en la pieza de al lado, y otras como si la hubiese perdido irremediablemente. Más tarde, se lo hago ver.

—Me lo pregunto todos los días y no llego a ninguna conclusión. El suicidio es lo que me hace más sentido, pero Carmen no es una suicida. Era una mujer feliz.

—¿Una mujer feliz? ¿Qué es eso?

—¡De acuerdo, de acuerdo! —me dice risueño. —Lo que quiero decir es que faltan razones. La única fisura seria en ella era la falta de coincidencia de su tiempo interno con el tiempo externo. Una fisura feroz, claro, y se agigantaba día a día. Pero, dime, Rosa... ¿ no crees tú que si esa fuese una razón para quitarse la vida, este país nuestro estaría bastante despoblado...?

La casa duerme. Una vez más, ella se enfrenta a la madrugada.

El despertador ha sonado a las cinco de la mañana, el termo con café espera en el velador. Experta en valijas y equipajes, emprende cada acción con perfecta certeza. Sus movimientos son leves. Todo está a punto, preparado la noche anterior, sólo falta guardar en la maleta el estuche negro y rojo —el que siempre la ha acompañado, pasajero hogar en miniatura para sus cremas, adminículos de baño, medicinas—, y echar el candado. Despiadado suena el timbre a esa hora, es el auto que viene a recogerla para salir al aeropuerto.

Saluda a una ciudad sin luz, sin acción, una enorme Bella Durmiente que se extiende sobre casas y edificios dando un aspecto fantasmal, solitario, y por ello subyugante a un lugar tan poco amable, tan congestionado una vez que la claridad se instala. Son momentos robados a la capital, los que pocos viven, la capital y las calles para sí, ni un alma despierta, ni una en la vereda, ni una a la vista. Siempre —como el despegue del avión—, es una experiencia: el desierto de soledad en una ciudad que pronto se convertirá en exceso y hormigueo.

¡Qué desfachatez la de ella! Imaginarse por un momento la única habitante, invisible, rápida, indómita, la única sobre el espacio. Única pero náufraga, a su pesar.

Los vestigios. Seguramente él habría prolongado aquel desorden; una vez hecho el aseo las huellas pasarán al ordenado olvido de su casa y sólo las suyas pueden alterar ese baño y dormitorio que ella impregnó en el apuro de la hora del alba.

El velador destaca como un elemento aislado, un cuerpo celeste sin su libro de cabecera, sin el cuaderno de apuntes y la lapicera, sin los frascos de pastillas, sin el marco con la fotografía de familia. Sólo un vaso con el agua que no se bebió.

El hombre vuelve a la cama y se tiende hacia el lado izquierdo al sentirlo abandonado. Allí está su olor, ese olor mezcla de tantos olores. Sudor, restos de perfume, carne, pelo, cremas, sueños, esa síntesis que al final es ella. El lado izquierdo de la cama se muestra desprotegido, tan solo, es la partida de su dueña lo que destaca sus propias formas en el colchón y sus gestos automáticos en el pliegue que la sábana inmoviliza como una queja muda de la que durante la noche recibió y entregó en ese rincón el calor.

Él había pensado, cuando se produjeron los primeros viajes, que cada partida debía ser significativa, que una constelación de dudas y azares debían necesariamente envolverlas. Después de todo, era una separación real, material; una separación en el espacio, y el espacio era insondable. ¿No debiera importar, entonces, aunque el acto de abordar un avión, subir a los aires y trasladarse a otro país se hubiese vuelto un acto cotidiano, no debiera importar cada vez que alguien amado volaba lejos? Al cabo de cierto tiempo, el hombre se sintió idiota por hacer esta detención de su propia interioridad y decidió sumar las partidas de su esposa a los cientos de hechos sin trascendencia que ocurrían en sus vidas diarias llenas de ebullición.

Martín Robledo Sánchez me lo contó. Que un día Carmen lo telefoneó excitada y le dijo: acabo de descubrir un hecho asombroso, se cree que en las novelas los autores recrean los recuerdos, los hechos que ya sucedieron... y acabo de descubrir que lo que hacemos es anticiparlos.

Este breve relato matinal está hecho por la protagonista, Pamela Hawthorne, en la última novela, *Un mundo raro*. Puedo suponer, entonces, que así fue el amanecer final para C.L. Ávila en la ciudad.

Jill Irving me citó en Las Lanzas, aquel boliche de la Plaza Ñuñoa al que yo solía acudir en mis tiempos de universitaria. Al llegar me dio un gran placer comprobar que algo no ha cambiado en esta ciudad, tan experta en tragarse todos los recuerdos. Está repleto, las mesas de adentro y las de afuera. Empieza ya a correr esa brisa fresca de la tarde, anunciándole a la noche que puede apilarse bajo la luna sin temor a volverse líquida. Le advertí de mi traje sastre de lino azul para que pudiese reconocerme pero fue innecesario. Sentada en una de las mesas de la vereda, jugueteando con un largo vaso de cerveza a medio beber, una *garza,* la vi y no me cupo duda que era ella. ¿Por qué habría elegido una extranjera ese lugar? ¿Qué conoce de Santiago? ¿Y a quiénes?

—Tiene suerte de encontrarme. Vine sólo por unos días a acompañar a Vicente, Carmen lo hubiera esperado de mí.

—Pero él se fue a la playa...

—No lo recrimino, todavía está bajo el influjo de la luna de miel.

Imitándola, pedí también una *garza* y sólo cuando el frío del cristal me traspasó, iniciamos nuestra conversación.

—Perdone, Jill, pero necesito una cierta cronología de su vida con Carmen. Hasta ahora, todo parece piezas sueltas de un rompecabezas.

Seria e inmutable Jill Irving, muy gringa de aspecto, me sorprende por su perfecto español. Sólo un dejo arrastradito y un poco gangoso la delata en el acento. Pronuncia las eses, no las inhala como lo hacemos aquí en el fin del mundo. Intuyo la razón por la que su apariencia no me intimida: lo pasada de moda que luce. Ese detalle vuelca mi calidez hacia ella. El pelo, pálido y deslavado, todavía mantiene aquellos rizos apelmazados que lograban las permanentes a principios de los ochenta, los herederos del *afro-look* de los sesenta. Si el día de mañana —ya canosa— mantuviera ese peinado, se asemejaría definitivamente a una oveja. Su muñeca izquierda está ceñida por una pulsera de cuero con pequeñas flores de colores incrustadas a su alrededor. Las suelas de sus sandalias, de cuero más rubio que la pulsera, son planas. Viste telas de la India, una larga falda en tonos pasteles y una blusa sin mangas casi trasparente que parece tener problemas para sujetar un busto generoso. Su estampa podría ilustrar un afiche de aquellos tiempos —tan gloriosos para algunos— de la revolución de las flores y del amor libre. Sólo se sale de cuadro un hermoso, hermosísimo collar de plata donde cuelga una gran cruz muy elaborada con distintos frutos grabados que se desprenden de la barra horizontal. Le pregunto por su origen.

—La Cruz de Yálalag..., un regalo de Carmen. Es de Oaxaca.

¡Oaxaca! Señor mío, ¿a cuántas remembranzas más me veré sometida mientras dure esta investigación? La fiesta de la Guelaguetza, Hugo a mi lado, su mano en la mía, hundidos en el plumaje colorido de los indígenas y sus ritmos soberbios. Siempre le tuve un cierto temor a Oaxaca, hasta que comprendí la razón: era inaprensible, vaga. O peor que eso, su fondo no salía a la superficie. Lo que a todos encantaba, su propio misterio, era lo que a mi espíritu práctico agredía. Imagino entonces el zócalo, la plaza principal con su quiosco, nada debe haber cambiado en estos años, miradas extraviadas la deambularán, los mendigos aún se deben confundir entre los extranjeros vestidos casi con harapos, cuyas miradas inocentes no logran el foco mientras buscan las energías sagradas, vidas fuera de balance, cuerpos cenicientos al acecho de que el cielo se les abra antes de que se cumpla alguna brutal profecía.

—Nuestra historia es muy larga. Aparte de Aunt Jane, si es que llega alguna vez a hablar con ella, no encontrará a nadie que la conozca desde hace tanto tiempo. Cursamos juntas el *college* en la bahía de San Francisco, somos amigas desde entonces; ya ni vale la pena sacar la cuenta de los años, son tantos... Al terminar, ella partió a recorrer Estados Unidos. Créame, fue un recorrido largo. Viajó de mil maneras, sola y acompañada, hasta un día en que se aburrió del grupo, se arrancó y llegó hasta la frontera. Ella no tenía cómo saber que al cruzarla empezaba otra etapa de su vida. Terminó instalándose en la ciudad de México. Desde allí me llamó y fui a juntarme con ella. Rentamos dos cuartos en Coyoacán, cerca de la plaza de Santa Catarina. Era una de esas casas grandes, antiguas. Ninguna tenía dinero, eso délo por descontado. Hacíamos artesanías que luego vendíamos en la plaza. A veces una partía y la otra se quedaba, pero siempre volvíamos. México nos había embrujado y no nos interesaba vivir en ningún otro lugar. Bueno, eran los comienzos de los setenta, había muchos en nuestra misma situación, más que nada gringos, no éramos nada originales. Nunca tuvimos visa ni papeles en orden, sólo nuestros dos pasaportes norteamericanos con los que cruzábamos la frontera cada vez que se nos vencían los permisos.

No sé si me lo imagino o es la nostalgia la que irrumpe en escena, como un mal actor que teme su aparición frente al público, como si evocar la juventud nunca pudiese andar por su cuenta.

—¡Qué tiempo aquel!... el de los hongos, usted sabe, la mota, el peyote, en fin... vivíamos a toda madre. La vida para nosotras, definitivamente, estaba en la calle. A veces recibíamos una pequeña ayuda de nuestras familias, pero el resto, nos arreglábamos como se podía. Tampoco éramos muy exigentes...

—Cuando usted habla de la familia, ¿a quién se refiere?

—A Aunt Jane, por supuesto. Los padres de Carmen no cuentan, se perdieron en la India hace mucho tiempo, ¿lo sabía? Ella pasó su infancia aquí en Chile con su abuela materna y cuando ella murió, Aunt Jane, la única hermana de su padre, la adoptó. No lo digo en el sentido legal, pero como nunca se casó ni tuvo hijos, Carmen es como su propia hija. También se hizo cargo de Vicente los primeros años, antes de que apareciera Tomás.

(En la razón, mi razón, está el idioma inglés. En mis emociones y miedos está la lengua castellana, declaró en alguna entrevista C.L. Ávila).

—Lo de sus padres, ¿cómo la afectaba?

—Todos los signos en Carmen son los de un esencial desarraigo. Los latinos lo sienten más que nosotros. Cuando me habló por primera vez de su madre, me dijo: ella hizo tratos con el cielo; hoy vive en algún monte, muy cerca de él.

Jill habla con una voz monocorde, respetuosa, no deja entrever sus sentimientos, como si no se sintiera con el derecho a hacerlo.

—Estábamos juntas cuando escribió su primera novela. Fue a principio de los ochenta. Se la enviamos a Aunt Jane, ella tenía contactos con editores, al menos una amiga de ella trabajaba en ese rubro. Nunca olvidaré el día en que Carmen me llamó por teléfono desde Zacatecas: le acababan de avisar que la publicarían. ¡Somos ricas, Jill! me gritaba por el teléfono. Con la mirada actual, me atrevería a decir que la cifra del anticipo era modesta, era su primera novela después de todo, pero se sentía millonaria. Gastamos el dinero en un viaje a la India, de esos con mochila y *sleeping bag.* Volvimos cuando se nos terminó.

—¿Cómo fue que empezó a escribir?

—Ella solía decir que primero siguió a sus padres sin rumbo alguno, luego a sus hombres. No tenía rol, simplemente los seguía, sin contribuir con ningún talento. Algo debo tener escondido adentro, clamaba en sus momentos de lucidez, todos tienen algo escondido, el desafío es encontrarlo, luego sacarlo; si no lo hago, pasaré mi vida entera enojada.

—¿Y resultó efectivamente así?

—Sí. Desarrollar un talento era su consigna para protegerse: entonces nada podría herirla. Cualquier cosa bien hecha, desde escribir hasta bordar, cantar o cocinar, puede cambiarte la vida, me insistía, pero ¡cuidado! nada de improvisaciones, hay que hacerlo bien. Que hubiese una pasión que actuara de motor: eso la haría independiente. Buscó donde enfocar los ojos hasta dar con el blanco: las palabras. Por fin el foco se le ajustó.

Guardó un corto silencio, luego se sonrió apenas, como para sí misma y la añoranza no supo cómo esconderse.

—Cuando yo me quejaba, siempre me respondía: Eres afortunada si sabes *qué* te duele, así, al menos, sabes dónde volcarte. Carmen cargó con una pena casi toda su existencia, un pesar incierto. Sólo pudo escribir cuando se sumergió en él.

—¿Tenía nombre ese pensar?

—Sí, desamparo. Fue la criatura más abandonada que jamás conocí.

Era el atardecer, el momento anterior a la noche, las últimas horas sin oscuridad, las últimas de protección para los desamparados de la tierra, tantos, que ya se acercan las tinieblas, que ya se acercan para hablarles una vez más de su condena.

—En ese tiempo formaba pareja con el colombiano, ¿cierto? Usted, por supuesto, conoció a Luis Benítez.

Algo se endureció en la expresión de Jill, y aunque no titubeó al responder, sentí cómo se refugiaba a tiempo en la cautela.

—Sí.

—¿Vivían en esa casa de Coyoacán cuando lo conoció?

—Sí, también él rentaba un cuarto allí.

—Perdón, Jill, pero... ¿por qué su parquedad frente a este tema?

—Porque supongo que si me pregunta por él es porque concuerda con las teorías de Tomás.

—No estoy en condiciones de concordar con nadie. Recién ayer se me asignó este caso. Sólo trato de averiguar lo que fue importante en la vida de su amiga.

—Carmen, como usted ya debe saberlo, tuvo muchos amores. Luis fue simplemente uno de ellos.

Trato de ponerme en su lugar: si alguien investigara la vida de mi mejor amiga, probablemente yo sería locuaz frente a ciertos temas y a otros no, quizás mi tendencia sería la de soslayar sus facetas más oscuras. No me dejo amedrentar por el tono de Jill. Aunque no ha perdido su dejo educado y monocorde, cubre una pequeña alteración.

—¿Sabe usted cuándo se vieron por última vez? —insisto. Ni modo, estoy trabajando, al carajo con las delicadezas.

—No lo sé. Hace diez años que Carmen se fue de México, o nueve, para el caso, da lo mismo. Ya no es mi cuata, que vivía en el cuarto de al lado. Yo volví a San Francisco, ni siquiera coincidimos en el mismo país. ¿Cómo espera usted que yo esté enterada?

—No sé, pienso en cuando se encontraban, ustedes conversarían, supongo... se contarían las vidas, como lo hacen todas las amigas... se ponían al día, ¿verdad?

—Sí. Pero no me ha hablado de Luis. Si lo ha visto, yo no lo sé.

—Si ella tuviese un amante, ¿usted lo sabría?

—Probablemente. Pero no se lo diría.

Está bien; me atraen las personas que no se quedan en las apariencias, son tan escasas. Ella cumple con su papel. Yo, con el mío.

—¿Alguien más podría estar enterado?

—Lo dudo —respondió al cabo de un rato en que pareció pensarlo responsablemente.

—¿Cuándo vio usted a Carmen por última vez?

—Hace cuatro meses. Dos antes de que desapareciera.

—Cuando ella fue a Miami, ¿no se vieron?

Me mira con un divertido aire desdeñoso.

—Florida y California están muy lejos, ¿lo sabía?

—¿Y cómo la notó aquella vez, hace cuatro meses?

—Como siempre.

—¿Ningún indicio de que algo extraño le sucediese?

—Ninguno.

—¿Podemos volver a Luis Benítez, entonces?

—¿Sabe? No vale la pena... Me parece un disparate pensar que la guerrilla la tenga secuestrada —me insiste.

—¿Qué piensa usted que puede haberle sucedido?

Sin dramatismo, sin un mínimo cambio en la expresión de su cara, expulsa las palabras.

—Creo que Carmen está muerta.

Tomás Rojas le diseñó un espacioso vestidor en la medida en que, a su lado, las obligaciones sociales de su mujer aumentaban. Mis ojos lo vieron, Georgina me llevó hasta él.

En un costado colgaban los vestidos brillantes, los trajes de dos piezas, los ternos y las faldas, tan bien planchados y erguidos que, de revolotear por ahí, hasta los pájaros se hubiesen arrancado. Al frente, la ropa étnica, como la llamaba su amigo escritor: caftanes marroquíes, huipiles guatemaltecos, saris hindúes, kimonos japoneses. Al volver de alguna actividad donde debió vestir los artículos de la primera parte del vestidor, se desprendía de ellos con rapidez y los cambiaba por alguna prenda del segundo, me explica Georgina. Nunca duraron en su cuerpo mientras permanecía dentro de la casa, el trueque fugaz, paños, trapos, hábitos, fuera la disciplina del atuendo, la libertad está ahí, a la mano, dentro del segundo costado del vestidor. El paso de uno al otro —del traje occidental rígido y articulado a la túnica suelta y vaporosa— la transformaba.

El disfraz... rápido, su cuerpo salvaje se constriñe, se norma y ya oprimida, sofocada, se convierte en la esposa del Rector. Su arribo al evento de ese día, como otro día o cualquier día, una vez más la hace sentir inadecuada. Sospecha que unos centímetros de falda sobran o faltan, que el tacón del zapato quedó muy bajo o muy alto, que la presilla aprieta, que la caída de la tela se interrumpe y nunca fluye natural como el ondular en el océano, como la frescura de la vertiente. Nunca, o son los pechos o las malditas caderas, algo retiene la tela para conseguir que la mujer del lado aparezca como más adecuada, más elegante, más digna, para que la diferenciación, tan temida en la infancia como bendita en la adultez, juegue en su contra.

A las diez de la noche, el cansancio barría conmigo. No sólo los árboles gimen y lloran bajo la carga del verano, también yo. Exhausta, me aproximo por fin al edificio donde vivo para encontrar el ascensor otra vez atascado. Me pregunto para qué pago gastos comunes, aunque subir las escaleras a pie me regala la oportunidad de rumiar obsesiones a mis anchas.

Pensé en lo más evidente: si se tratase de un secuestro o de cualquier hecho que implicara algún grado de violencia, habrían testigos. ¿Qué lugar carece de privacidad tanto como un aeropuerto? Nos consta que el taxista estacionado afuera del Hotel Intercontinental en el Bayside de Miami efectivamente la depositó allí. Es difícil imaginar que ella hubiese variado su decisión, que a último momento —por cualquier razón— hubiera necesitado salir del aeropuerto. De acuerdo, todo es posible, pero el sentido común es más valioso de lo que imaginan. Además, no andaba con las manos libres. Portaba una maleta. Si la hubiese dejado en algún depósito, ya lo sabríamos, y más aún si la hubiese abandonado en cualquier lugar: nada tan oscuro y sospechoso hoy en día a los ojos de las autoridades como un equipaje no reclamado. Pudo haber abordado otro avión, pero en ese caso, sólo vuelos domésticos, dentro de Estados Unidos, pues de otra forma habría figurado en alguna lista de pasajeros. También pudo haberse retirado del aeropuerto acompañada. En ese caso, el o la acompañante tendría que haber sido alguien que ella conociese, ya que —insisto— no se registró ningún acto de violencia esa noche. Quizás la amenazaron de forma callada para sacarla de ahí, pienso en un arma dentro de una chaqueta o de un bolso, lo suficientemente escondida y a la vez evidente para que ella respondiera a la presión.

El departamento respiraba vacío y lóbrego, ni rastros de mis hijos. Abrí el refrigerador y la sola idea de calentar comida —había un resto de estofado— me deprimía. Calculé qué me daba más pereza: calentar el estofado o bajar a pie las escaleras, cruzar Vicuña Mackenna y caminar los pocos pasos que me llevarían a la

Fuente Alemana. Pensé en un lomito completo, en el chucrut, el tomate, la mayonesa y se me hizo agua la boca. Debía comer, no dejar que la intensidad de un caso me debilitara el cuerpo, como sucedió aquella vez que investigábamos al estafador de los Mercedes Benz. Mi exaltación fue tan alta que casi no comí durante tres días y cuando al fin ubicamos al sujeto, me dio una fatiga. En medio de la duda, sonó el teléfono. Me acometió un especie de temblor ante su sola campanilla y pensé con espanto que estaba atacándome la misma fobia de C.L. Ávila, por lo que corrí a atenderlo. Era nada menos que Martín Robledo Sánchez.

—Rosa, ¿estás ocupada?

—No, sólo dudaba qué comer...

—Lo que es yo, no he comido y estoy bastante borracho, pero olvidé decirte algo que podría ser importante para la investigación.

—Soy toda oídos.

—Carmen odiaba a Pamela Hawthorne.

No pude dejar de sonreír, ahí, parada en medio de la sala, con el aparato negro —tan pasado de moda— en mis manos.

—¿Y qué podría significar eso?

—Estaba agotada con ella. No lo iba a declarar ante la prensa, pero se sentía totalmente maniatada por su protagonista.

—¿Por qué no se deshizo de ella, entonces?

—No es tan fácil si has pasado doce años de tu vida escondiéndote trás un personaje, compartiéndolo todo con él. Carmen no sabía cómo librarse de Pamela...

—Matándola, así de sencillo.

—¿Conoces la historia de Conan Doyle, cuando quiso matar a Sherlock Holmes?

—Sí, la conozco.

—No creo que Carmen estuviese dispuesta a sufrir la humillación de tener que resucitarla... bueno, eso es todo.

—No dejes de llamarme si recuerdas algo más —le dije, con la esperanza de que lo hiciera. El escritor era lo único divertido de esta investigación y no quería perderlo.

Recordé que la pereza no es una característica sino un síntoma y me calenté el estofado. Como no estaba muy sabroso, lo comí desganada y mi mente comenzó a divagar; en la Fuente Alemana me habría volcado sólo en el lomito y ninguna idea brillante me habría visitado. Como debí pensar varias veces en Hugo durante este largo día, súbitamente me iluminé y comprendí que era él quién podría ayudarme. No me detuve en vacilaciones. Una vez conectada a la línea internacional, disqué el conocido cinco-dos-cinco de la ciudad de México y pensé que había sido buena idea copiar a las series norteamericanas de la televisión lo de instalar un teléfono en la cocina, además del que tengo en la sala, pues alcancé a terminar la comida mientras atendían mi llamada.

—¿Le pasó algo a los niños?

—Calma, cariño. También tengo derecho a llamarte por algo mío, ¿o no?

—Perdona, Rosa, pero me aterra la idea de recibir una mala noticia. Cuéntame de ti, ¿cómo estás?

Ya, se lo dije y con bastante poco prolegómeno. Fui muy cuidadosa en no arrojar desatino alguno por el teléfono, en suponer que con sólo mencionar el nombre de nuestro común amigo Tonatiuh, bastaría. La voz de Hugo pareció desconcertada y como yo no esperaba menos, por esta vez no lo juzgué.

—Me puede tomar un tiempo...

—Pero también puedes ser ágil... sabes cómo, ¿verdad?

Nos despedimos acordando hablar a la brevedad.

Dentro de un caso tan vago e impreciso como el de la desaparición de C.L. Ávila, sólo uno de los involucrados sostenía alguna hipótesis. ¿Cómo no darle crédito? Al final, si Tomás Rojas era quien pagaba, lo mínimo era atender su propia obsesión.

Hice una última llamada telefónica a El Jefe y di por concluido mi día.

Pamela Hawthorne sostenía —sin decirlo en forma explícita— que las mujeres eran más agudas en el campo de la investigación criminal que los hombres. No es que ella fuese de las feministas que creen que las mujeres lo hacen todo mejor, no. Simplemente aludía a una cierta *percepción no objetiva* que nosotras poseemos con respecto a cualquier verdad. Intuyo a lo que se refiere. Por ejemplo, si Exequiel —mi compañero de trabajo— estuviese a cargo del *Archivo C.L. Ávila,* en este momento se dispondría a dormir, o a darse una ducha para salir con la novia de turno y jamás se tumbaría en la cama a repasar una novela de la escritora desaparecida pues no supondría que podría encontrar claves allí. Quizás, al no ponerse constantemente en su lugar, se le abrirían menos alternativas de supuestos de las que se me abren a mí en este momento. Sí, supuestos. No he mencionado la palabra acción.

Ya acostada, extraigo de mi bolso las dos hojas sueltas que saqué del cuaderno de notas de C.L. Ávila, las encontré dobladas dentro de él. Son anotaciones cortas. Escritas ambas con la misma tinta negra que ella usaba, la caligrafía es diferente, al no ser la inclinación de las palabras y sus ángulos iguales. Deduzco que no fueron escritas el mismo día.

Página 1:

De los recuerdos de la infancia.

La única mesa de la casa daba a una ventana cuya mitad estaba tapada por un árbol, casi un arbusto, grande (como árbol era pequeño, como arbusto era grande), verde, con miles de cartuchitos rojos pendiendo de sus ramas. El rojo era vivaz, lo teñía casi por completo (¿cómo no conocer el nombre de tal árbol?) y a toda hora, mientras hubiese luz, llegaban unos pájaros —pequeños, grises y rápidos, como un juguete a hélice— que revoloteaban alrededor del rojo. Era tal la velocidad del revoloteo que ella no alcanzaba a distinguir el pico de las alas en su febril movimiento. Colibríes, le dijo un día su madre, esos pájaros se llaman colibríes.

Recordó siempre el árbol y nombró a los cartuchitos, en su mente y su estrecho vocabulario, como las lágrimas rojas.

Página 2:

Soy el nuevo mundo... soy el nuevo mundo, decía entrecortada, se había levantado de la silla y en medio de la alfombra giraba y giraba, un espiral, sin contornos su cuerpo en la velocidad, las anchas faldas flotaban abiertas al espacio sujetando el aire. No se distinguían sus pies, se movían con tal rapidez... soy el nuevo mundo, y la sangre del hombre se agolpaba frente a ese cuerpo —nuevo,

¡qué duda cabe!— de estas latitudes y no de aquellas otras, las cansadas, y el aire sigue enroscándose en torno a ella, se lo apropia todo en su baile circular hasta amansarlo y devolverlo tibio y domesticado; propio. El aleteo es tan grácil, veloz y efímero como el de los colibríes de su infancia revoloteando, pájaros, brazos, pierna, aire alrededor de las lágrimas rojas.

Dos años después escucharon otra vez la sinfonía de Dvorak y su cuerpo no tuvo reacción.

—El Rector Rojas vive asépticamente protegido por los blancos muros de la academia —comentó El Jefe, introduciendo un dejo de desdén al cansancio de sus ojos—. Lo de Chiapas es una acción más simbólica que real, es una guerrilla mediática, informática y dudo que él lo distinga así. La leyenda oficialista dice que participan guerrilleros extranjeros, pero no se ha comprobado. Ayudistas, sí, pero no más que eso. Además, los zapatistas no secuestran gente.

En su tono al afirmarlo, reconocí en él al antiguo comunista que a veces emergía sin ser solicitado, soportando mal, imagino, la tenaz presión de su retirada.

—Los zapatistas controlan sólo dos municipios del Estado aunque ejerzan una influencia importante en otros dieciséis. No estamos hablando de Bosnia, ¿comprendes? Y él supone algo tan loco como que C.L. Ávila esté viviendo, en contra de su voluntad, allá en Las Cañadas.

El café que tomamos en nuestras destartaladas oficinas de la calle Catedral no es más que un líquido aguado, aquí no estamos para exquisiteces. La mesa de El Jefe está tan desordenada, son tantos los papeles que se confunden en ella que ni él sabe lo que tiene frente a sus ojos. Por supuesto, se lo aceptamos como parte de su excentricidad.

—Lo de Chiapas no es más que literatura en este caso —intervengo yo—. Dejemos de lado al Rector. Lo relevante es que Luis Benítez no ha vuelto a la legalidad en todos estos años. ¿Crees que radique sólo en Colombia?

—¡Las FARC están más activas que nunca, mujer!

—Sí, lo sé. Pero Tomás Rojas cuenta con la información: Benítez ha estado en contacto con los mexicanos. Sabemos de un par de secuestros en los que participó con la gente del ERP en Guerrero, una ayudita para una campaña de finanzas... Involucró a C.L. Ávila en uno de ellos, eso ya lo sabes.

—Lo que no significa que ella tenga algo que ver con los guerrilleros, lo ayudaba a él, no más, como lo habría podido hacer en cualquier otro asunto descabellado. Su ficha está limpia, la policía nunca la relacionó con esas acciones.

—De acuerdo. Pero yo juraría, Jefe, que no se ha dejado secuestrar voluntariamente, lo que me hace descartar que haya llegado hasta Colombia. Más factible resulta que la hayan trasladado por tierra, cruzando la frontera. ¡Acuérdate la cantidad de dinero que llevaba encima!

—Más respeto con las fronteras, Rosa...

—Yo he cruzado de Estados Unidos a México por Laredo y no sólo no me han pedido un pasaporte sino que los gringos tocaban pitos y agitaban las manos para que saliéramos lo más rápido posible de su país... Hasta podría haber ido maniatada en la cajuela y nadie se habría enterado... créeme que ni miran los vehículos. Lo único que me hace sentido es que alguien la haya abordado en el aeropuerto de parte de Luis Benítez y ella haya partido por su propia voluntad. Imagínate la escena, llega un señor X, se le acerca y sólo le dice: Vengo de parte del Comandante Monti, está en peligro y la necesita. ¿Crees que C.L. Ávila se negaría? Luego la engatusan, puede que Luis nunca haya estado ahí, Luis o el Comandante Monti o como quieras llamarlo. Y se la llevan.

—¿Y por qué hasta México? Yo le habría quitado el dinero antes de eso.

—¿Y dejarla libre para que los delate?

—Si ella piensa que Benítez está en la operación, no hablaría. Acuérdate que es el probable padre de su hijo, ¿tú delatarías al padre de tu hijo?

—Es que quizás Benítez no ha tenido nada que ver y sólo aprovechaban su nombre o sus contactos. En todo caso, fuesen colombianos o mexicanos, ellos no operan en Estados Unidos, Jefe. No pueden haberla dejado ahí. También es posible que la trasladaran a México para un supuesto encuentro con él...

—La pueden haber matado.

—¿Y el cadáver?

—No sé, hay algo que no me cuadra..., ¿para qué llevarla a México?

—Eso es lo que debemos averiguar, exactamente eso.

El Jefe me mira largamente. Yo no altero mi expresión. Este es un juego que ya hemos practicado en otras oportunidades: mirarnos y no cejar en la mirada hasta que uno convenza al otro. Como en una mano de póker.

—Dame un día para pensarlo. Llámame esta noche.

Ana María Rojas era una mujer gorda. Y como toda criatura de su índole, era esperable que alojara ciertos niveles de resentimiento entre los pliegues de su exceso, facilitándome a mí el trabajo. Se asignó a sí misma una determinada dosis de importancia al hacerme esperar quince largos minutos sentada en el salón del primer piso. Los aproveché como pude. El remolino en que se encontraba mi mente no permitía momentos de desperdicio. Analizando las pesadas cortinas de felpa —que di por bienvenidas al responsabilizarlas de la frescura sombría que impregnaba el espacio en esa mañana estival— y el mármol de una gran mesa cuya superficie mimaba a varias figurillas Capodemonti —muy finas, no cabe duda, pero retorcidas y pedantes en su frágil porcelana—, pensé que, si yo hubiese sido C.L. Ávila, habría salido arrancando de esa casa. Juzgué a Tomás Rojas como un hombre dominante que probablemente disfrazaba su parecer como concesión al otro, para salirse siempre con la suya.

—Carmen se casó con mi padre por cálculo, no tengo dudas —fue una de las primeras opiniones que vertió la joven—. Él era un sólido pilar donde ella se reclinaba. Para salvarse de sí misma, si me entiende...

En situaciones como la que yo me encontraba, era una delicia hablar con testigos que en vez de taparle las espaldas al sujeto de la investigación se las desnudaran. Sin eufemismos: los más útiles son aquellos que no guardan simpatía por el investigado.

—Su hijo, en una entrevista, sostiene que sus decisiones eran casi siempre producto de la pasión...

—Bah, es su hijo... ¿qué objetividad puede tener un hijo sobre su madre? —se pregunta Ana María sin disimular un pequeño destello de ironía en los ojos.

—Se sorprendería, señorita Rojas, cuán objetivos pueden ser a veces.

—No se equivoque ni se deje llevar por los mitos. Creo que Carmen no se apasionaba ya por nada —respira hondo, se toma su tiempo, luego continúa, con aire reflexivo. —Se había cansado de inventarse a sí misma cada día.

—¿Usted la definiría como una persona fría?

—Egoísta más que fría... y definitivamente no posee una personalidad culposa. Ella nunca se culpa de nada, nunca. Su maternidad se lo demuestra. No vivió con su hijo hasta que él fue un adolescente... Sí, quería a Vicente, no digo que sea una madre degenerada, pero se lo entregó a mi papá, pues el niño necesitaba una imagen masculina, esas tonterías, usted sabe, todo para no hacerse cargo de él. Lo transformó de huérfano en niño consentido. Y ahí lo tiene, hoy es una perfecta copia de mi padre... ¡hasta se viste como él! Por fin el hijo varón que no tuvo... Ahora que Vicente se casó y dejó la casa, mi papá anda como alma en pena. ¿Me creería que se hablan por teléfono todos los días?

Mirándome de reojo, no de frente, busca mi reacción. Supongo que cuando ya la siente apropiada, continúa.

—Usted se formará la impresión de que es el dinero el que me motiva a hablar así.

—¿El dinero? ¿En qué sentido?

—Escuche: mi padre es un hombre rico y su fortuna recaerá el día de mañana tanto en Vicente como en mí, en partes iguales. Así lo tiene estipulado. Pero resulta que Carmen es aun más rica que papá, aunque no se le note. Y si no aparece, solo Vicente figura como heredero en su testamento, aparte de mi padre. Yo no. ¿No le parece injusto? Yo debo compartir con Vicente lo que a *mí* me corresponde pero él no *conmigo*.

Mientras la voz del rencor habla por ella, cruza las piernas, la sandalia blanca de su pie derecho se apodera del primer plano y en el segundo, sus manos enjoyadas arreglan el cuello de su blusa dándole en un instante un toque glamoroso. Imagino a su madre de tonos claros ya que el colorido de esta mujer no proviene de su padre, un hombre moreno sin concesiones. Analizo sus facciones y comprendo que, tras la grasa que las cubren, son finas: el cabello nace a una altura perfecta de la frente, los pómulos enmarcarían virtualmente al rostro en adecuada proporción si a esos huesos les permitieran mayor realce. Los ojos son de un verde bello y sombrío. La nariz, recta y simétrica como en el más ambicioso parámetro helénico. La boca es angosta, los labios parecieran haberse ido absorbiendo un poco con los años. Le calculo más de treinta, y a esa edad ya va en camino de instalar la expresión que se merece, no la que Dios le dio. Pero supongo que todo esto de nada le sirve. Hay algo en su carácter que hace a los demás sentirse responsables de su gordura.

—Cuando papá la conoció, ¿sabe qué le dijeron? ¡Que era una loca! Una loca, eso le dijeron al momento de presentársela, él me lo contó. Me cuesta entenderlo. Mi padre tiene la estúpida teoría de que sólo las mujeres difíciles son interesantes. Por lo tanto, resulta dudoso que se hubiera casado con una más amable... Yo la he visto rompiendo platos, créame, tirando platos contra la muralla: es todo lo que yo hubiese querido hacer en la vida, ¿quién no? ¿Por qué ella se da lujos de antigua vampiresa mientras personas como mi madre y yo nos empeñamos en ser mujeres dignas y aborrecemos cualquier nivel de estridencia? Quizás en el fondo no debo ser tan diferente de ella pero mis controles internos inducen, irremediablemente, mis acciones, como a cualquier persona normal.

Su mirada se vuelve altiva, displicente.

—Daba la impresión de que no tenía criterio formado ni opiniones sobre una cantidad de cosas que a nosotros nos parecían importantes. Nunca calzó en el mundo de mi padre... sus orígenes la traicionaban a cada rato. No olvidemos, por favor, que nació en un poblado del sur que apenas merece ese nombre. Y que su madre era campesina. Hasta cuentan que su bisabuela era gitana. Bastante poco *high*, ¿verdad? Me acuerdo de una noche en la playa en que oíamos un concierto después de la comida y ella, de repente, le dijo a papá: «Debo haber sido música en mi anterior reencarnación, ¿verdad, Tomás?, ¿Qué tipo de ejecutante habré sido?» «Un violinista vienés por ningún motivo», le respondió papá, «seguro que fuiste un barbudo guitarrista irlandés».

Al emitir una risa corta, lleva una de sus manos a la boca como para esconderla, luego hace un visible intento de volverse seria. En eso entra Georgina a la sala, por su propia cuenta pues —aparentemente— nadie la ha llamado. En sus manos, la misma bandeja del día anterior. Nos sirve café. Ana María alardeaba de la misma manía de su padre, la de repletar de azúcar la taza y luego revolver y revolver con la cucharilla de plata hasta casi gastar la porcelana. Me imagino, no sé porqué, que a C.L. Ávila debe haberle disgustado aquello. Seguramente tomaba el café sin azúcar. Cuando Georgina se retira, prosigo con mis preguntas.

—¿En qué basa su idea de que C.L. Ávila ya no se apasionaba por nada?

—Primero, pongamos las cosas en su lugar. En esta casa, ella es simplemente Carmen Lewis. Ese es su nombre real. Cualquier excentricidad de escritora queda excluida para nosotros. Que el apellido de su madre fuese Ávila y que ella quisiera homenajearla firmando así no es de mi incumbencia. Si quiere que hablemos de ella, evitemos los nombres pomposos..

—De acuerdo. Volvamos a la pregunta.

—Verá, mis primeros recuerdos de *Carmen Lewis* —enfatiza ese nombre desconocido— son de calor, de extroversión, de instintos bastante irrefrenables... era divertida entonces, a su manera... Hablaba fuerte, reía mucho, su cuerpo asemejaba un perpetuo movimiento. Era primitiva Carmen. ¿Sabe que en casa andaba siempre descalza? Pero en los últimos años pareció entrar en un mutismo desesperante. Ajena, inaccesible. Esto le dio un cierto aire de misterio que le venía bien, pero para mí ella nunca fue misteriosa; más bien me parecía una mujer aburrida. ¿Sabe cuál era su forma de comunicación con Vicente? Jugar *Scrabble,* no sé si conoce ese juego. Bueno, era lo único que hacía con él. No sé qué mundo viviría adentro de su escritorio, ahí yo no entraba, quizás lo que le quedaba de vitalidad lo volcaba al escribir. La verdad es que la veía cada vez menos. Bueno, usted sabe, el estado de gracia que pueden alcanzar un hombre y una mujer enamorados es siempre frágil, y creo que el de Carmen y papá se esfumaba.

—Me sorprende escucharla... mi impresión es que formaban una buena pareja.

—En lo aparente, sí. Carmen jugaba a ser sumisa para retener a papá, pero es probable que ya no lo amara y que mi pobre padre sufriera por ello. El siempre la adoró. ¿Sabe? Creo, a fin de cuentas, que la gente no cambia. Para ser justa, pienso que Carmen trató de doblegar su verdadera naturaleza, pero a la larga ésta venció. Y esa *naturaleza* no cabía ni en esta casa ni en el mundo de papá...

—Quizás se sentía horriblemente sola —aventuro, mientras pienso que los seres humanos no poseemos una sola naturaleza.

—Puede ser —su mirada reflexiva parece estar dispuesta a concedérmelo. —Pero le faltó empeño... Si ya jugaba el papel de sumisa, ¿por qué no lo jugó del todo? Ella se sabía el gran adorno de esta casa y lo aceptaba, todos venían aquí porque querían conocerla y su fama, a fin de cuentas, nos comprometía a todos. Entonces, ¿qué le costaba plegarse a algunos caprichos de mi padre? Si no eran tantos, al fin... Cuando se quiso hacer socio del club para empezar a jugar golf, a ella le dio una pataleta: que era un arribismo, le dijo, y papá se ofendió. Lo mismo con el ski; según ella, papá no andaba dándoselas de deportista antes de ser Rector...él le decía: «nunca es tarde para empezar, Carmen». Pero ella era fatal para los deportes... no hacía ninguno, ni siquiera tenis, papá siempre jugaba con Vicente, a él si le gustan todas estas ondas...

Se habría dicho que aquellas imputaciones provenían de una campeona olímpica y me pregunto cuánto habrá despabilado Ana María su propio cuerpo en el transcurso de su vida.

—Con Cachagua era lo mismo. Carmen no ayudaba a que papá progresara en la vida. Nunca comprendió que él debía frecuentar a ciertas personas por conveniencia, no por gusto. No, ella jamás le dirigió la palabra a nadie por ninguna razón que no fuera su solo antojo. ¡Pésima mujer para un hombre público! —hace una pausa y luego agrega, de un modo ensoñador—. Siempre he pensado que yo lo haría tan bien...

Con el más disimulado escepticismo frente a su concepto de *progreso*, aprovecho el momento para cambiar el tema.

—Usted conoció a Gloria, su antigua asistente, ¿cierto?

El centelleo de sus ojos no me pasó desapercibido; habría de recordarlo más tarde.

—Claro que la conocí, si trabajaba en esta casa.

—¿Sabe usted por qué fue despedida?

—No. No era de mi incumbencia lo que ocurría en la vida laboral de la mujer de mi padre, ¿no le parece?

Está bien, no debo insistir.

—Si usted me pregunta si existió un momento exacto en que las cosas cambiaron, claro, no me lo ha preguntado aún, pero querrá saberlo, ¿cierto? Bueno, fue luego del episodio de Guatemala. Entonces ella empezó a vivir en otro mundo. Uno de mis últimos recuerdos de Carmen es un mediodía, tomando un aperitivo en la terraza, estábamos las dos solas y ella aprovechaba para revisar una carpeta con su correspondencia.

De repente la cerró con brusquedad y se quedó mirando a la nada. «¿Qué pasa, Carmen?» le pregunté. «¡Me sobra!», fue su respuesta. «¿Qué te sobra?» Vaciló y luego dijo: «¡Todo! ¡Absolutamente todo!» Fue rotunda, despiadada al pronunciar esas tres únicas palabras. Cada vez que pienso en ella, recuerdo, no sé porqué, ese momento.

—¿A qué se refiere cuando menciona el episodio de Guatemala?

—¿No lo sabe?

—No.

—Usted ya habló con Jill, ¿verdad?

—Sí, pero no habló de eso.

Ana María Rojas me mira rubicunda, saboreando aquel abyecto placer, el sentimiento de superioridad que confiere el poseer más información que el supuesto contrincante.

—No me corresponde a mí contárselo, la historia les pertenece a ellas. Hable con Jill... —hace una leve pausa— Bueno, señora Alvallay, ¿hay algo más en lo que le pueda ser útil? —habla como si un súbito cansancio la poseyera y alguna prisa por librarse de mí.

—Sólo una pregunta, señorita Rojas: ¿Tiene usted alguna idea u opinión sobre qué le ha sucedido a la esposa de su padre? —fui inclemente al subrayar esta última categoría; lo quisiese ella o no, Tomás Rojas se había casado con C. L. Ávila.

Sus ojos verdes titilaron como dos estrellas que han logrado hacerse ver luego de una noche brumosa.

—Todos tenemos alguna teoría al respecto. ¿Quiere conocer la mía? Bueno, pienso que Carmen se fugó.

Mantuve la expresión más neutra a la que mis instintos pudieron acudir, pues era evidente que su intención era impresionarme, aparecer provocadora ante mi modesta persona.

—¿En qué sustenta tal idea?

—Mire, puede parecer contradictorio pues Carmen era una perfecta inútil. De verdad, tremendamente inútil y cobarde con las cosas prácticas, y ello limita bastante mi suposición. Desde que no sabía manejar un auto, ¿me puede creer que a fines del siglo veinte una mujer no sepa conducir? Hasta que si veía una gota de sangre salía corriendo. Entonces, no me pregunte cómo lo ha llevado a cabo porque sería incapaz de responder. Pero de alguna forma lo debe haber hecho. Su vida la hastiaba hasta el infinito y lo que sí poseía eran recursos e imaginación para inventarse otra. Después de todo, era novelista, ¿o no?

Si yo fuese un espía y C.L. Ávila mi objetivo, preguntaría por tres cosas: sus hábitos, sus debilidades y sus contactos. Tengo ante mí un sinnúmero de recortes de prensa, cinco novelas, algunos videos y los testimonios de sus seres más cercanos. Ya debiera ser capaz de adentrarme en su personalidad, sin embargo, algo me impide llegar a ella, algo borroso se me escapa. Me pregunto, ¿cuál sería su peor pesadilla? ¿Cuáles sus adicciones?

Una vez en el autobús que me lleva de Las Condes a Providencia, bajando por la avenida Apoquindo entre el tráfico enmarañado y enervante de esta ciudad, repiquetean en mi interior las palabras de Ana María Rojas hasta que mi mente selecciona un episodio que leí anoche en *Un mundo raro,* su última novela.

Las aventuras de Pamela Hawthorne siempre suceden en lugares específicos, con nombre y apellido, nunca en una ciudad cualquiera, nunca —por ejemplo— en un oscuro pueblo de provincia. Deduzco que sus escenarios son autobiográficos: la India, México, Santiago, Key West, San Francisco. Mientras las enumero, aprovecho para hacerme una pregunta evidente y casi vulgar: ¿cuánto es autobiográfico en la ficción que nosotros, los comunes lectores, leemos? ¿Cuánto hay de propio en lo que escribe un autor? No pasa inadvertido a mi conciencia el estar haciéndome una pregunta de lector demasiado elemental, el que nunca traspasa una primera capa de lectura, pero ¡qué diablos! Me menosprecio, sin embargo, me interrogo igual. ¿Cuánta inventiva e imaginación estoy dispuesta a concederle?

El personaje de C.L. Ávila es una investigadora y se dedica al crimen. ¿Tiene algo que ver con ella? La respuesta más obvia sería: aparentemente nada. Sin embargo, es su *alter ego*, es la voz que ella no tiene por sí misma. ¿Dónde está el límite entre Miss Hawthorne y C.L. Ávila, dónde se alza el muro de contención que sujeta a la una de la otra? ¿Quién es víctima de quién en la actividad que desarrollan?

En su última novela, Miss Hawthorne llega a Tailandia persiguiendo a un inglés, un empresario desenfadado que ha «raptado» a su hija de brazos de un rockero dudoso y que la tiene amenazada en el hotal más elegante de Bangkok. Se trata nada menos que del Oriental, en la ribera del río Chao Phraya, el hotel más hermoso, tradicional y caro de la ciudad y uno de los mejores del mundo, detalle que hace sonreír con ironía a Pamela a propósito de las ventajas de la virtual raptada. Esa tarde, Miss Hawthorne ha hecho la visita de rigor que todos los extranjeros hacen a la tradicional tienda de sedas *Jim Thompson,* situada en el centro de la capital y que mantiene hasta hoy el refinamiento inglés que la caracterizó, con los rollos de seda colgando de antiguas maderas, las diversas telas clasificadas en altos estantes como los de un almacén de antaño. Cenando en los comedores del hotel esa noche, el empresario —que parece tentado de seducir a Pamela— le relata la historia de Jim Thompson, explicándole que no es sólo una marca como ella asume sino el nombre de un ciudadano inglés que vivió en Tailandia y que estableció esa tienda tan hermosa muchos años atrás.

Efectivamente, Jim Thompson vivía en Bangkok como cualquier inglés de aquellos años después de la guerra. Su negocio de sedas le reportaba buenas ganancias, y todo a su alrededor era perfectamente normal. Aunque él —en una faceta poco conocida de su existencia— colaboraba desde hacía largos años con la inteligencia británica, a la que había prestado importantes servicios en los tiempos de la

Segunda Guerra Mundial cuando los japoneses expandieron su acción por todo el Asia, se decía que más tarde habría continuado colaborando con los americanos. Siguiendo la historia, un dia cualquiera Jim Thompson es invitado por unos amigos a pasar el fin de semana en algún lugar de Malasia. Él duda en ir, al fin accede. Pero al llegar al aeropuerto se encuentra con un problema: no trae el certificado de vacunación que le exigen para atravesar la frontera. De alguna forma logra subirse al avión y se instala en casa de sus amigos, en un exclusivo condominio cerrado dentro de un gran campo de golf. Almuerzan todos juntos, y el relato hace hincapié en la atmósfera de normalidad con que se desarrolla la comida. Los demás se retiran a hacer la siesta y Thompson permanece en el *living room*, cuyas puertas se abrían a una terraza que daba directamente al pasto verde de los campos de golf. Al despertar de la siesta, los amigos no encuentran a Jim Thompson. Las puertas del salón seguían abiertas, el libro que él tenía en las manos cuando lo vieron por última vez reposaba en el sillón. A su alrededor todo se veía intacto: ni la más mínima huella de violencia. No lo vieron ese día ni el siguiente... ni nunca más.

Nunca más, enfatiza el empresario mientras disfruta del efecto que sus palabras causan en el rostro de Miss Hawthorne. Los amigos se entregaron a todo tipo de conjeturas, empezando por buscar señas de algún animal salvaje que podría haberlo devorado, dado que esas cosas suceden por aquellos parajes. O que alguien lo hubiese secuestrado. Pero la ubicación de la casa impedía que nadie entrara sin ser visto, ni pisar el pasto sin dejar huella. Tampoco se imaginó algo premeditado de parte de Thompson, ya que hasta el último minuto no supo si iría o no a Malasia; la falta de vacuna lo corroboraba. A esto había que agregar el siguiente dato: como Jim Thompson había trabajado para los aliados, en su búsqueda intervinieron británicos y americanos además de las policías de ambos países, Tailandia y Malasia. Fue un gigantesco operativo, nadie ha sido más buscado que él. El relato enfatiza lo extraño que resulta que una persona desaparezca sin dejar *una sola huella:* siempre hay rastros. Su fortuna permaneció intacta, nadie la tocó. En fin... el empresario y Pamela se pasan la noche haciendo conjeturas y discutiendo el caso pues a ella, en su racionalidad de investigadora eficiente, le resulta imposible que el caso no haya tenido resolución y que no se hubiese vuelto a saber nada de él. ¿Estaba vivo o muerto? Si murió, ¿donde estaba el cadáver? ¿Lo secuestraron? ¿Se fue voluntariamente? ¿Qué hizo entonces con su vida?

Pamela Hawthorne se pasa el resto de la novela, igual que yo, haciéndose las mismas legítimas preguntas y a través del hilo conductor de su razonamiento, yo llego al mío. Pero no dejo de registrar en mi cuaderno de notas el epígrafe de la novela, reconociendo en él no sólo su significado sino también su indudable origen mexicano:

> *«...meditadlo, señores,*
> *Águilas y Tigres,*
> *aunque fuérais de jade*
> *aunque fuérais de oro*
> *también allá iréis,*
> *al lugar de los descarnados.*
> *Tendremos que desaparecer,*
> *nadie habrá de quedar...»*
>
> Romances de los Señores
> de la Nueva España

Jill parecía de verdad consternada. La llamé por teléfono desde la casa del Rector y esta vez la cita fue en un café de Providencia, en el Tavelli, lo que favoreció mi propio recorrido. Cuando le pregunté —algo molesta— por qué me ocultaba información, simplemente me respondió que el asunto de Guatemala también le había sucedido a *ella,* no sólo a Carmen y que le resultaba difícil relatar los hechos. Pero lo hizo, y esta vez no omitió detalle.

Cuatro meses atrás (la última vez que se vieron), C.L. Ávila debía dictar una conferencia en ciudad de Guatemala e invitó a Jill a reunirse con ella en ese país. Al enviarle un fax al estudio donde Jill se dedica a traducciones del español al inglés, le recordó que nunca llegaron hasta Tikal. Jill consideró ésta una oferta muy tentadora y cuando recibió el pasaje aéreo San Francisco-ciudad de Guatemala, no lo pensó dos veces y partió a Centroamérica. Esto solía suceder entre ellas. El trabajo al que Jill se dedica no requiere presencia física, no marca tarjeta alguna frente a un determinado empleador, tiene varios, siendo el más importante la misma editorial norteamericana que publica a C.L. Ávila en Estados Unidos y que debe entregarle cada una de sus novelas a traducir como cláusula estipulada por la autora en el contrato. En buenas cuentas, trabaja con la libertad de movimiento a la que todo ser humano aspira.

Partieron juntas a Tikal. Una vez allá, habiendo conocido las impresionantes ruinas mayas, decidieron volar a la ciudad de Antigua antes de emprender el regreso. Carmen se había enterado por el diario local que la famosa cantante Josefa Ferrer daba un recital en un antiguo convento de esa pequeña y fascinante ciudad e indujo a Jill a que asistieran. Averiguaron por qué medios debían hacerlo para no detenerse otra vez en la capital y se enteraron de una avioneta privada que cubría el trayecto: habría un vuelo esa noche y otro al amanecer del día siguiente. Prefirieron el de la noche ante la pereza que les producía levantarse a las cinco de la madrugada —estaban de vacaciones, después de todo— y compraron los dos boletos.

Una hora antes de partir tomaban un trago en el bar del hotel cuando una joven pareja se les acercó. Eran también norteamericanos. Les acababan de avisar que su hijo pequeño había sido víctima de un accidente. Ellos tenían pasaje para la avioneta del día siguiente a las seis de la mañana, pero cada hora que ganaran saliendo de Tikal les resultaría preciosa. ¿Sería posible cambiar los pasajes? ¿Estaban ellas muy apuradas? ¿Podrían cederle sus asientos y ellos les pagarían la noche de hotel que igual habrían pagado para sí mismos? Jill y Carmen se miran, ambas han sido en algún momento madres de un niño pequeño y sus instintos no vacilan: cambian los pasajes. Llenos de agradecimiento, el hombre y la mujer se dirigen hacia la avioneta.

Cuando Carmen los ve partir, le comenta a Jill que aquella pareja, inusitada y decisiva, ha despertado en ella una curiosa inquietud. Jill la calma y para distraerla, acuden a un antiguo hábito que es una especie de juego: analizar con todo detalle a la pareja en cuestión, que cómo era ella, su ropa, su peinado, sus facciones, que si él parecía o no un marido amante, que la forma en que se dirigía a su mujer, que qué profesión tendrían, que cuánto hace que estarían juntos. Novelista, después de todo, habría acotado Ana María Rojas.

Pero pasado el primer impacto, Carmen se queja. No le gusta cambiar planes, ya se había programado para dormir en Antigua, ya habían hecho las reservas en un hotel de esa ciudad, no le atrae madrugar de ese modo. Mira la noche por delante en Tikal con una irrefrenable sensación de vacío.

—Te estás poniendo vieja —la recrimina Jill—. ¿Qué importa dónde durmamos? ¿Cuándo nos motivó un detalle así?

Carmen sonríe retraída a su amiga.

—Tienes toda la razón. Es que he perdido mi lado norteamericano en estos años, Jill, y el chileno que prima es un poco rígido. Actualmente mis viajes son tan planificados, en los programas que me hacen no se pierde ni un minuto...

—Aquí no vas de escritora famosa, ¡relájate! —se burla Jill y lo consigue.

Pasan al comedor y ordenan la cena. De súbito, en la sala se experimenta la sensación instintiva de lo irremediable. Ha llegado la noticia. Media hora atrás la avioneta había despegado, sacando de la inmovilidad cada uno de sus resortes, impulsada hacia lo alto, indetenible, gritando los motores, silbando las hélices, gimiendo los engranajes. Pero al alcanzar el cielo, la visión se nubla porque no es el aire lo que se avista sino una masa oscura y sólida. Es un cerro. La avioneta se estrella.

No hay ningún sobreviviente.

Tomás Rojas ha querido verme antes de mi partida; trata de apaciguar o disimular su ansiedad, esconderla bajo su habitual compostura pero ésta se huele, como el miedo. Me ha invitado a cenar a un restaurante del barrio Bellavista, supongo que pretende evitarme una segunda incursión en el día a esas alturas cordilleranas donde vive. Lo telefoneé en el minuto mismo en que terminé de hablar con El Jefe y que éste decidió que yo debía viajar a México. El más satisfecho es el Rector, por fin alguien ha recogido sus aprensiones y así lo demuestra con esta cena italiana.

—Carmen me relató muchas veces una peregrinación que hizo con sus padres por la India cuando era adolescente, en los tiempos en que ya vivía con Aunt Jane en San Francisco y en que ellos aún se empeñaban en mantener contacto. Creo que fue en un palacio del emperador en Delhi. Su padre le enseñó una inscripción en persa cuya traducción decía: *If paradise*

exists on earth, it is here, it is here, it is here.
Aquellas palabras se le grabaron con letra de fuego. Cuando me las relató por primera vez, hace muchos años, yo le dije: no existe el Paraíso, Carmen, es una utopía. «¡Cómo que no!», me respondió enfática, «claro que debe existir... hay que buscarlo. Buscarlo y buscarlo, Tomás». Pensé que había olvidado esas palabras hasta que volvió de Guatemala. Entonces lo repitió, aquello de buscar el paraíso.

Toma un sorbo de vino con mucha calma y luego continúa.

—Si usted lee su segunda novela, *Azolada, diezmada y yerma,* se dará cuenta cuán presente está la India en ella. Es uno de los territorios míticos en su cabeza.

—*La India es un lugar para perderse* —repito la frase con que empieza la novela, dicha por Pamela Hawthorne—. *No hay nada nuevo ni inteligente que agregar sobre ella.*

Me sonríe con la indulgencia que se le concede a un niño por haber realizado bien sus tareas.

—A veces hablaba de Krishna, pero lo hacía sin ninguna reverencia, como hablando de un amigo cercano a quién se recuerda de tanto en tanto. Entre sus libros queridos, los pocos que guardaba, estaba el Bagavad Gita. Un día Vicente le preguntó «¿Qué es esto, mamá?».

«Un libro de poesía», le respondió —recojo una sonrisa casi imperceptible, de las que nacen del afecto más que de la gracia—. A ese texto no le otorgaba solemnidad, sólo era una referencia a un ocasional consuelo.

Cuando ya hemos ordenado, habiéndome sometido a su consejo sobre los *spaghetti alla carbonara,* continúa con voz leve, una especie de monólogo susurrado; el recio hombre público me mostraba a uno sustraído —a pesar suyo— de su autosuficiencia.

—¿Sabe usted, Rosa, que enviaba dinero a una escuela de alfabetización en Katmandú, donde sus padres enseñaron por una temporada? En su imaginario, Nepal y la India son la misma cosa... ambos escenarios propios por igual. Yo he tratado de disuadirla, me parecía una estupidez, pero no me hizo caso. Carmen nunca ha sabido manejar el dinero, eso es habitual en las personas que lo han ganado de la noche a la mañana, sorpresivamente. Nunca me rindió cuentas, ni tampoco se las pedí.

—Bueno, era *su* dinero, después de todo, no tenía por qué...

No parece haberme escuchado. No importa: la consigna es no hablar, no obstruir el flujo de su voz.

—Su relación con las cosas materiales era más bien... etérea, si pudiésemos llamarla así. Por ejemplo, miraba embelesada las joyas que yo le regalaba, agregaba el último collar a la caja donde guardaba el resto, y de un segundo a otro cambiaba su expresión y exclamaba, turbada: «¡No quiero ser dueña de tantas cosas!». Y me recitaba el verso de León Felipe: *Pasar por todo una vez, ligero, siempre ligero/ que no hagan callo las cosas ni en el alma ni en el cuerpo...* Quería andar liviana por la vida, imagino. Igual, me afané por enseñarle ciertas cosas. Al final, ella era tan consciente de lo lujoso como de lo sencillo y tenía la especial capacidad, al distinguirlos, de gozarlos por igual. Pero no de forma posesiva, no sé si me explico.

Ya terminado su *carpaccio,* deposita los cubiertos con delicadeza sobre el plato, se limpia los labios con la servilleta y vuelve a la copa de vino. Sus modales son evidentemente aprendidos.

—Gracias a Dios hizo una inversión importante antes de desaparecer. Usted sabrá, su hijo Vicente contrajo matrimonio la semana anterior a los hechos. ¡Cuántas veces he agradecido que la fecha establecida fuese antes de ese maldito viaje! Y ella le regaló una casa, una estupenda casa, como regalo de bodas. Una buena inversión, no cabe duda... Fue la única vez que aceptó mi consejo. Pero yo albergo ciertos temores... ¿no le pasaría dinero a su amigo guerrillero?

—Pero, Rector, ¡esa es una historia terminada!

—No lo sé... a veces pienso que con el ritmo que ella llevaba, ¡era tan fácil tener una doble vida sin que yo me enterase! Cada vez que decidía pasar por San Francisco para ver a Jill y a su tía después de un viaje, ¿cómo sé yo si realmente iba a San Francisco? Jill no es amable conmigo desde hace un tiempo... la veo como a una perfecta cómplice. Además, Carmen era tan radical en sus pensamientos políticos que en ese sentido no me sorprendería. Me acusaba de estar acercándome a la derecha... Invertí largas horas en explicarle lo que es un pensamiento de centro, pero como ella no tiene ninguna consistencia teórica, no hace las distinciones necesarias.

Ya ha pedido la segunda botella de vino, un estupendo Don Melchor de la Viña Concha y Toro, un tinto que él bautizó como *la felicidad consciente y merecida*. No olvido que estoy frente a un hombre que vive la suspensión de todo futuro. Yo no soy protagonista de nada esta noche sino una interlocutora que sólo lo acompaña en su especial disposición de espíritu en que todo recuerdo u añoranza se torna posible. A medida que transcurre la cena y el vino coquetea seduciendo a su sangre, Tomás Rojas se aleja de ese personaje de estatua ecuestre que se me antojó ayer, que se me sigue antojando en su vida cotidiana. Pero aún soltando amarras internas, mantiene cierto control de su persona y continúa emanando una autoridad que yo jamás lograría, así viviese diez vidas.

—Mi historia con Carmen tiene casi la misma edad de nuestra democracia. Empezó en los mismos días del histórico plebiscito del 88. Escuche, Rosa, el siguiente diálogo que sostuvimos:

«¿Votaste?

»No.

»¿Por qué?

»Técnicamente, porque soy extranjera. Pero de no serlo, tampoco voto.

»Pero eso es un signo de fatal indiferencia...

»No, no es indiferencia, es que no tengo fe en que nada cambie.

»El país está dividido en dos. ¿Dónde estás tú?

»Con ustedes, por cierto. Yo siempre estaré contra las dictaduras y del lado de los pobres, de los marginados. Y no por altruismo, sino porque soy uno de ellos.

El Rector explora mi mirada y lo que está buscando es mi comprensión. Luego sus ojos se ablandan como pozos de aguacero.

—Cuando supo, después de nuestra primera noche, que era probable que me nombraran Rector, me dijo con toda candidez: «¡Nunca he estado con un hombre importante!». Tocó tantas fibras mías con esa frase, era tan dejada de la mano de Dios... no tenía ninguna autoestima. Pobrecita, en su vida aprendió a defenderse más que a quererse.

Hace una pausa, como si apuntara a otros referentes, temiendo desviarse de su punto ciego.

—Siempre la creí una mujer de gran coraje. Por eso era consolador verla temerosa, casi torpe en lo pequeño, lo doméstico. Esos temores la equilibraban, ¿sabe?, le permitían habitar en un mundo normal y no salir volando...

—¿Usted la conoció aquí, en Chile?

—Sí... No, en realidad la conocí en México, en el año 83. Pero no volví a verla hasta que ella hizo su primera gira literaria a Chile. Como le expliqué, la dictadura tocaba a su fin y por primera vez ella sopesaba la posibilidad de establecerse aquí. Quiero decir que no fui yo quien le dio la idea, le interesaba vivamente este país. Por la búsqueda de raíces, obvio, pero también por el proceso político y social. Entonces escribió su primera novela chilena: *Entre las bellas rosas*. Sin embargo, en el camino se desilusionó, empezó a perder esperanzas. Sentía que la izquierda le había regalado la normalidad a este país a cambio de nada. La hería, casi se podría decir en forma personal, el tema de la justicia y el de la memoria, o la falta de ellas. Teníamos arduas discusiones al respecto. De hecho, su novela sobre Chile es una novela política, aunque se disfrace de historia policial.

Mientras hace uso de la cuchara y el tenedor para atrapar los *spaghettis,* le miro las manos. Al observar cuán cuidadas aparecen, la manicura me viene a la mente. Son muy cortas en relación al tamaño de su cuerpo, los dedos se ven morenos, redondos, pequeños. Me recuerdan las de su hija, sólo que las de ella cambian de colorido.

—Cuando cumplió dieciocho años y este país sufría tantas convulsiones, su padre le aconsejó: «Es más fácil ser norteamericano que chileno, *believe me;* al menos, es más seguro». Y le hizo caso. Pero al margen de eso, ella sentía a la sociedad norteamericana como un enorme cuerpo informe, donde todo cabe, propenso a cualquier tipo de diversidad. Eso sí le atraía. En Chile nos conocemos todos, y creo que por eso decidió no ser chilena.

Sonrío, asintiendo. ¡Qué bien educada me torno a su lado! Mantengo la espalda tan erguida como él; tiene toda la razón el escritor Robledo Sánchez, allí sentado nadie sospecharía que mide un metro sesenta y cinco.

—Una vez una mujer salvadoreña, conversando con nosotros, calificó a Chile como *un país tristito.* La expresión, tan centroamericana, le hizo mucha gracia a Carmen y se la apropió. Pero luego, no hace mucho, me dijo que ya no odiaba ni amaba a Chile, que solo le aburría. Comprendí entonces que no escribiría más sobre este país.

—Cuándo la conoció, o más bien, cuando la reencontró, ¿estaba usted aún casado?

Me mira con un dejo de censura, luego lo abandona, como si admitiera su inutilidad.

—Sí... Cuando Carmen me conoció me preguntó, «¿Eres casado, como todos?». Sí, como todos... Eso quiso decir usted, ¿verdad?

Me río un poco avergonzada, pero no cejo.

—¿Felizmente casado?

—Tranquilamente casado, más bien.

Cuando ya hemos gozado de un *tiramissú* a la hora de los postres y yo he agradecido internamente la cena, ya que esta noche no pensaba calentar otra vez los restos de estofado de ayer, Tomás saca de su maletín de cuero un libro y me lo alcanza. Es una publicación española, un volumen de entrevistas. Sin preciarme de poseer mucha cultura al respecto, al menos estoy al tanto de que se trata de una prestigiosa revista literaria.

—Le traje lectura para el avión... si lo considera conveniente. La entrevista es un poco impúdica, para mi gusto, pero es la más larga y la mejor que ella ha dado. Al menos no peca de las clásicas distorsiones. ¿Usted, Rosa, es de las que duerme en los aviones?

—Casi nunca.

—Carmen dormía donde fuera... no parecía humana. ¿Sabe? Luego de la primera noche en que la observé dormir, pensé que había en ella algo salvaje, algo en bruto. Su día no comenzaba como el del común de la gente sino cuando cumplía una cantidad de horas de sueño, y como cada día era así, bien se podría decir que su vida entera se determinaba por cuánto dormía. Si lograba las ocho horas, todo estaba salvado y eso lo explicaba a gritos su piel, la limpieza de su mirada, la suavidad de su pelo, el nivel de rectitud de sus hombros. Una hora menos, ya no digamos dos o tres, la destruían, ensombreciéndola a todas vistas. Yo no necesito más de cuatro o cinco horas, por lo que estuve tantas veces despierto a su lado. Y siempre recuerdo la impresión que me produjo esa primera noche: duerme como los animales, me dije, y efectivamente su sueño era denso, profundo, arcaico, sin textura ni sutileza. Era, sencillamente, un retrato de la muerte.

Esta entrevista tuvo lugar en el Hotel Palace de Madrid, en el invierno de 1997. La hora prevista era las cinco de la tarde; C.L. Ávila apareció en el lobby con diez minutos de retardo, flanqueada por su editor español. Según propia confesión, venían de comer huevos estrellados donde Lucio, una de sus aficiones madrileñas. Envuelta en un largo abrigo negro con una bufanda roja alegrando el cuello, traía las mejillas sonrosadas por el frío de la tarde y el cabello bastante alborotado. Su figura es robusta, su colorido enteramente castaño y su rostro, tan anguloso como lo muestran las fotografías de las contraportadas de sus libros.

Cuando nos instalamos en los sillones del salón destinado para ella, me pregunta, un poco angustiada, si llegará el fotógrafo. «Es que tendría que ir a peinarme un poco, ¿no?» Ya relajada, pide café y saca de su cartera un paquete de cigarrillos que casi se despacha durante nuestra larga conversación. Aparece su asistente y nos interrumpe un par de veces con recados que ella recibe con

fastidio y que no le parecen urgentes. Sus ojos os-
curos brillan casi permanentemente. Parecen aus-
piciar: aprovécheme, estoy en una singular dispo-
sición hoy día, la de ser honesta.

—Sabemos poco de su infancia, ¿le impor-
taría hablar de ella?

—Nací en un pequeño pueblo al sur de
Chile, en la provincia de Ñuble, llamado General Cruz. Es probable que no figure en el mapa.
Mi padre, Richard Lewis, era un gringo errante
—de aquellos que abundan en Estados Unidos— que aterrizó en el fin del mundo sin saber
mucho por qué. Conoció a mi madre, Luisa
Ávila, en la pequeña ciudad de Bulnes, al sur de
Chillán, donde trabajaba como dependienta en
una tienda de abarrotes, y se enamoraron. Para
el pueblo esto fue todo un logro, que una de sus
mujeres se casara con extranjero. Vivieron allí
los primeros años. Mi padre trabajaba la tierra
—un pequeño pedazo que pertenecía a la abuela Florencia, con quien vivíamos— y mi madre
me cuidaba. Para cada cumpleaños, mi padre
me hacía un juguete en madera. Eran muy her-
mosos y yo los cuidaba porque eran mis únicos
juguetes. Hasta que llegó el día en que el seden-
tarismo lo hastió... decidió seguir recorriendo
mundo, pero ahora acompañado de su mujer. Y
partieron... dieron muchas vueltas, llegaron a

Asia y luego se establecieron en la India. Quedé a cargo de mi abuela.

—*¿No tenía más familiares?*

—Mi padre contaba con una hermana en San Francisco, Jane. Los dos hermanos de mi madre no vivían en el pueblo: uno emigró a Argentina y el otro, al norte, a las salitreras. Por lo tanto, me quedé sola con la abuela Florencia. Mi primera escuela fue la del pueblo, donde aprendí a leer y escribir. La gente a nuestro alrededor era muy pobre. También lo éramos nosotros, pero la tierra nos ayudaba. Recuerdo que la gran fiesta era, cada dos o tres meses, ir con mi abuela en un bus desvencijado a Chillán y allí me compraba un helado. Uno solo. Eran unos helados de barquillo cuya gracia residía en que la crema salía de una máquina, en ondas de colores muy suaves, dejando el final en punta... ¡me gustaban tanto! En General Cruz no había helados.

—*Se ha dicho que los orígenes de su afán por la novela negra se pueden rastrear en su infancia, que de allí nacería en usted ese género y el estilo tenso, violento y subversivo que la caracteriza. ¿Es esto efectivo?*

—Supongo que se referirá a la muerte de mi abuela, ¿no es así? La abuela consideraba que lo más digno en la vida era ser dueño, antes de morir, de su propio ataúd. Y con cada dinero que ahorraba, mandó a hacer los de toda la familia, para ella, para sus tres hijos y luego para mi padre. Aún no se hacía el mío... Los cinco ataúdes se guardaban en un segundo piso de la casa, una especie de buhardilla. Eran la envidia del pueblo. Como mi abuela era muy vieja, me mandaba a mí a cuidar de ellos y limpiarlos. Un día, encontrándome yo arriba, la visitó una de sus sobrinas, prima de mi madre. Recuerdo que andaba con una niña en brazos, la amamantaba. Mi abuela estaba en cama y no me vieron. Tuvieron una discusión porque la tía quería uno de los ataúdes, pensando que sus primos morirían lejos y no los ocuparían. Como es de suponer, la abuela no quería dárselo. Se acaloraron mucho y en un momento mi abuela le pegó una bofetada. En respuesta, la tía le pegó con un candelabro pesado que encontró en el velador. Temiendo las consecuencias, huyó. Yo bajé de mi escondite y encontré a la abuela Florencia muerta.

—*Lo que significa que usted fue testigo de un asesinato...*

—No me atreví a hablar. Yo era chica, tenía once años. La policía lo interpretó como un asalto de algún afuerino, hasta que tomaron preso a un hombre de un campo cercano. Yo seguí yendo a la escuela y la propia tía —la que había matado a la abuela— se trasladó a la casa y se hizo cargo de mí, sin sospechar lo que yo sabía. Me debatía calladamente entre la idea de que culparan a un inocente y la de delatar a un miembro de mi propia familia.

—*¿Y como se resolvió tamaño enredo?*

—No hice nada hasta que llegaron mis padres. Les conté la historia. Me trasladaron de inmediato a Pemuco, donde estaba el Juzgado, y me hicieron hablar en secreto con el juez. Entonces llegó Aunt Jane y me llevó con ella a Estados Unidos. Cuando ya estaba a salvo, reabrieron el juicio. Mis padres atestiguaron por mí y la tía no tardó en confesar. Esto causó un revuelo enorme en el pueblo, se imaginará. Había gente muy enojada con nosotros. Mis padres entonces vendieron todo —lo poco que había, con ataúdes incluidos— y dejaron ese lugar para siempre. Yo tampoco volví.

—*Y su tía... ¿cuál fue su destino?*

—Murió. No estuvo mucho tiempo en la cárcel, no sé por qué razón. Pero sí recuerdo que murió relativamente joven, víctima de una afección renal. Yo siempre pensaba en esa pequeña que amamantaba, testigo inconsciente de un asesinato de su madre...

—*Su primera novela está basada en esos hechos...*

—Sí. Cuando llegó el momento de escribir, sabía que si no exorcizaba esa historia, no sería capaz de echar a volar la imaginación. Así inventé a Pamela Hawthorne, ella es la niña que estaba en brazos de su madre... La ambientación es muy distinta en la novela, la acción transcurre en San Francisco, no en General Cruz.

—*¿Usted volvió a tener noticias de aquella prima lejana, aquel bebé?*

—¿Qué cree usted? (Sonríe con cierta travesura).

—*Entonces, usted se traslada a vivir a San Francisco a los once años. ¿Y sus padres?*

—Se radicaron en la India. Pero no se imagine usted que se instalaron en una casa en Delhi con teléfono y dirección... no. Vagaron. Vivían en pensiones, a veces en monasterios, otras en la calle, acercándose al misticismo a medida que el tiempo transcurría. Para la dependienta de aquel pueblo del sur de Chile, todo resultaba desorbitante; se acopló a la mente de su marido sin dificultad. A veces enviaban por mí y continuaban sus vidas andariegas con esta cría a cuestas. De ahí viene mi afición a andar descalza...

—*¿Siente que la marcó el sentimiento de abandono?*

—Sí, por supuesto. Creo que se resume en que una nunca es dueña de nada en la vida. Me he preguntado muchas veces por qué en Kafka el sentimiento de nulidad que le impregna el padre en la infancia puede haberle resultado, desde otro punto de vista, noble y fructífero. A mí no me sucedió...

—*¿Cuáles son sus recuerdos más nítidos sobre aquellos viajes a la India?*

—Más bien son de Nepal. Cuando me llevaron a conocer a la Kumari, la única diosa viviente en el mundo. Es una niña que vive en un palacio en Katmandú y se asoma algunas veces en el día a saludar por la ventanilla enrejada en los altos de sus habitaciones. Yo era bastante pequeña entonces y no acepté moverme del jardín hasta que ella apareciera. Me impresionó ver que tenía mi misma edad. Saludaba con la mano y yo me detuve en sus ojos: era una diosa pero también era una prisionera. La eligen cuando es muy menor, se le saca de su hogar y a partir de ese momento toda su existencia se transforma, la crían y la educan para ser inmortal y adorada, ya no como persona humana sino como diosa. Uno de los requisitos para seleccionarla es que no debe tener ninguna cicatriz en el cuerpo, no puede haber vertido nunca sangre, eso es parte del rito y de las creencias. Sigue siendo diosa hasta la pubertad, hasta su primera menstruación. Entonces acaba su reinado porque su cuerpo ha despedido sangre. La crueldad de la menstruación la devuelve a los mortales donde, a esas alturas, ya no tiene cabida.

—*¿Eso es todo lo que recuerda?*

—El resto son sensaciones: que lo legendario se estrellaba contra todo mi ser, que la pobreza es igual en todas partes, un camino rural en la India o en Guatemala pueden ser el mismo, la pobreza los uniforma. Pero la verdadera sensación es la del olor: el olor se pega, se adhiere al cuerpo, a la ropa, al pelo, sin que una lo advierta, es un olor indescifrable, una representación tan única como sólo puede serlo el olor de la India.

—*¿Y sobre el misticismo?*

—Creo en el alma como uno más de los sentidos, el más profundo.

—*¿Cuándo visitó por última vez a sus padres?*

—En 1984, en vísperas de la publicación de mi primera novela. Entonces cancelé a la India en mi interior.

—*¿Los canceló también a ellos?*

—No, ellos me cancelaron a mí. Ya era casi imposible cualquier comunicación. Hoy viven en el norte, la región de Sikkim en las faldas de los Himalayas, en un monasterio budista. Trabajan la tierra de sol a sombra y el resto del tiempo oran. Se visten con hábitos y sus miradas lucen iluminadas. O enajenadas, depende cómo se les quiera ver.

—*Volvamos a San Francisco.*

—Mi tía Jane aborrecía a los hombres y nunca se casó, tenía muy buenas amigas. Me puso a estudiar en la escuela pública donde ella trabajaba como maestra. Cada vez que yo volvía de la India, donde hablaba español con mis padres, había olvidado el inglés. Ella me escobillaba todo el cuerpo, llegaba a arrancar sangre de mis pies... no sólo pretendía borrar la suciedad, sino también el idioma. Sin embargo, aunque suene contradictorio, gracias a ella y a su tenacidad en que me convirtiera en una buena lectora, no olvidé el español.

Ya más grande, a veces me perdía semanas en el mundo bohemio y ella se enfurecía. Creo que me he pasado la vida seduciendo a Aunt Jane para hacer mi voluntad y no la de ella, hasta que le prometí ser una buena chica y terminar la educación como Dios manda.

—*¿A qué se dedicó cuando terminó de estudiar?*

—Partí, con el consentimiento de Aunt Jane. Sin rumbo, como mi padre. Terminé viviendo en Key West, en el sur de Florida. Me ganaba la vida cantando en un negocio de esos que abundan al lado del mar, acompañaba a un amigo en la guitarra. Es muy bonito Key West, ¿lo conoce?

—*No tengo el privilegio.*

—Después recorrimos el país, es enorme. Pero ya en Texas me cansé. Una mañana de lluvia reparé en la frontera mexicana. Esa gran cicatriz, como la han nombrado. La crucé.

—*Una andariega también usted...*

—En la ciudad de México detuve mi andar y me quedé diez años —sonríe—. Tantas cosas importantes sucedieron allí: mi primer y único hijo, mi primera novela, mi primer amor.

—*Vamos por partes: el hijo...*

—Vicente. Nació en 1974, fui una madre muy joven. Malcolm Lowry dijo: Los niños mexicanos, conscientes del trágico fin del hombre, no lloran. Vicente fue un niño mexicano. (Se establece un silencio, la mirada de la escritora se arranca lejos, pero vuelve muy luego en esa forma casual y distraída que parece acompañarla siempre). Su padre era un norteamericano que se mató en un accidente de auto antes de que él naciera...

—*Su primer amor... aunque suponemos que usted ya se había enamorado. ¿Qué significa para usted el amor, Carmen?*

—¿El amor? ¡La gran ficción! (Pausa) Pensé entonces que cualquier sensación anterior debía tener otro nombre por que el amor era esto, no aquello. Cuando me lo encontré cara a cara, arrasó con mi voluntad con la fuerza de un monzón, sí, un monzón de aquellos de la India, alzando en su torrente las voluntades, lanzándolas al estropicio, sin margen de acción. Pero, usted sabe, luego viene la calma, se muda la estación... y me quedo muy sola.

—*¿Qué ocurrió?*

—Poco, muy poco... todo lo necesario para destruir, quebrar, destrozar la fragilidad de un corazón. El problema con los mexicanos es que nunca dejan de estar casados... (se ríe).

—*Antes de pasar a su primera novela, cuénteme a qué se dedicaba usted en México.*

—Vivía en una gran casa en el sur de la ciudad que pertenecía a un escritor —el primer escritor que conocí—. Él arrendaba un ala entera de esta casa enorme y yo tomé una de sus piezas. Me ganaba la vida confeccionando joyas que luego vendía en el zócalo de Coyoacán, al ladito de la casa. Gozaba la vida, a eso me dedicaba. La cortesía mexicana, créame, me hizo sentir persona. ¿Sabe usted cómo definió Rigoberta Menchú a ese país? Como el santuario para quienes no encontraron ese espacio.

—*Pasemos a la primera novela:* Los muertos no tienen nada que decir.

—Se publicó en 1984. La escribí en inglés, es la única novela que he escrito directamente en inglés. Se la mandé a Aunt Jane a ver si podía hacer algo con ella, pero muy luego la olvidé. Mucho tiempo después, me encontraba en Zacatecas, sola, y decidí llamar a Aunt Jane, nada más para que alguien supiera que estaba viva.

Ella no esperaba otra cosa que esa llamada, me tenía la gran noticia: ¡publicarían mi novela! Fue el mejor regalo que me hizo; de no ser por sus afanes y la acuciosa corrección a mi pobre gramática, otro gallo habría cantado. Recuerdo que caminaba por la calle jubilosa, mezclándome con los habitantes de Zacatecas que no habían recibido esa llamada, preguntándome qué se sentiría de caminar en ese momento por esas calles sin ser dueños de tal noticia. Y se puso a llover...

—*Sus recuerdos son siempre en imágenes.*

—Por eso escribo.

—*¿Porqué se convirtió usted en novelista?*

—Por que necesitaba ser dueña de algo. De algo legítimamente mío.

—*Entonces..., llovía en Zacatecas.*

—Me habían enviado el contrato al D.F.. Al firmar, me entregarían el dinero. «Te enviaré un adelanto de la cifra», me dijo mi tía, «para que te des la gran fiesta». Cuando me llegó el giro, abandoné mi pensión de mala muerte y me fui al Quinta Real, probablemente el hotel más hermoso de ese país; lo atraviesa el antiguo acueducto de la ciudad. El lugar fue una plaza de toros que sólo el buen gusto y ese sentido especial que tienen los mexicanos de la arquitectura pudo convertir en hotel. ¿Se imagina usted comer en un restaurante donde se han habilitado las gradas del viejo coso taurino?

—*Usted, entonces, contaba con pocos recursos.*

—¿Pocos recursos? No sea eufemístico: yo era pobre. Mirando para atrás, no era tanta la cantidad de dinero, sino el anticipo que cualquier editorial decente le daría a una autora desconocida. Y a mí me pareció una fortuna... es que yo no tenía nada. Por eso me fui al Quinta Real. Nunca había estado en un hotel bueno, ¿se le ocurre la sorpresa que me llevé? Me daba tres tinas diarias en una enorme bañera de mármol con cortinas blancas y azules que la cubrían. Paseaba por esas galerías rojas, miraba sin cesar las antiguas piedras y los vericuetos por donde antaño salían los toros y la ciudad cambiaba muchas veces de aspecto según la luz.

—*¿No se sentía sola?*

—Mucho, pero me gustaba esa sensación. Aún me gusta.

—*¿Por qué?*

—Porque empalma con la realidad. Odio las sensaciones ficticias. Pero, ¿sabe?, no estaba sola... leí en esos días *La guerra y la paz*. Recuerdo que me enojaba con aquellas mujeres —no sé si las de Tolstoi o las de esa época— que se pasan, página tras página, enjugando lágrimas... En todo caso, siempre vuelvo a Tolstoi: creo que la novela perfecta es la decimonónica.

—*A fin de cuentas sus referentes, Estados*

Unidos, México y la India, son de una enorme riqueza cultural y muy diversos entre sí. ¿Cómo se le ensamblan a usted internamente?

—A ver... ¿cómo sintetizo una pregunta tan amplia? (observa reflexiva el grabador, se toma su tiempo). Quizás con Octavio Paz, ¿leyó usted *Vislumbres de la India?*

—*Sí, hace un par de años...*

—Bueno, como lo dice él, Estados Unidos no tiene pasado, es un país que nace con la modernidad, no importa quiénes fueron los que componían antes esa población. Y en ese sentido, una parte mía encuentra allí una perfecta horma. Pero mi otra parte mira hacia el pasado, y lo encuentro a raudales entre la India y México, países cuyo proyecto es la modernización pero cuyo futuro implica una crítica a su pasado aun defendiendo la cultura no europea porque, en ambos casos, es extremadamente rica y viva. Lo que une a ambos países, mucho más parecidos entre ellos de lo que la gente creería, es que viven la misma contradicción: consideran el pasado como un obstáculo, pero lo exaltan y desean salvarlo. La ambigüedad entre la ruptura y la salvación... allí me encuentro también yo.

—*¿Qué la inquieta en la actualidad, qué la atemoriza?*

—Descubrir que no hay paraíso posible, que no existe un lugar donde evitar el desplome.

—*¿Qué quiere decir?*

—Que, con el tiempo, la cordura va adquiriendo menos sentido en mi escala de valores. Es que el mundo me resulta progresivamente hostil y con la cordura es imposible combatirlo... no sé, ¿le ocurrirá a todos? La soledad me sabe mejor cada día, también la inmovilidad. Le he tomado terror al océano, no deseo cruzarlo más. Le diré, los terminales de los aeropuertos se me hacen cada vez más inmensos, no llego a entender bien las instrucciones, tomo el bus equivocado o no logro hacerme de monedas en las máquinas... me pierdo en ciudades que conozco... En vez de avanzar, de aprender con la experiencia, retrocedo y el mundo me queda cada vez más grande.

—*Es asombroso que eso le suceda a alguien como usted, y que lo reconozca...*

—Sabe, Goethe habló de los secretos manifiestos. Me encanta el concepto, ¿entiende a qué me refiero?, secretos tan abiertos y ofrendados a todos que nadie los ve.

—*¿Qué remedio vislumbra?*

—Perdón que vuelva a las citas, pero supongo que para eso están. Joseph Roth, en *El Hotel Savoy*, dice: «Las mujeres no cometen tonterías como nosotros, por ligereza o por desidia, sino cuando son muy desgraciadas». Pensaré en alguna tontería como remedio. (Sonríe)

—*¿Cómo se ve a sí misma hoy día?*

—Como a una princesa dentro de un minarete, de aquellos que coronan cualquier palacio imperial en la India. Gozo de toda la visión que me permite la altura y estoy protegida por los cuatro costados, pero, de alguna manera oblicua, sutil, me veo prisionera. Como la Kumari.

Instalada en mi incómodo asiento de clase económica, junto a un pasajero dormido que se inclina desvergonzadamente hacia mí, vislumbro que el sueño no me visitará. El vuelo va repleto, saturado y me pregunto por qué viajan tantos al mismo destino al que me dirijo, qué los inducirá.

Situemos cada elemento en su lugar: soy una mujer corriente, una fiel exponente de la clase media chilena, esa que se ensancha o se angosta según los vaivenes de la economía del país; descontando a mi familia y a algunos amigos, nunca he sido importante para nadie, como le sucederá a un porcentaje altísimo de la población mundial. Probablemente a un noventa y nueve por ciento de ella. Jamás he tenido el honor de ver mi nombre impreso en letras de molde. En los tiempos de las utopías, soñaba con representar los deseos de los desposeídos y le hacía empeño, militantemente, a entender la vida desde el punto de vista de ellos.

Y para colmo, el cuerpo que me cubre y acompaña es uno de los muchos que se encuentran en este continente. Es un cuerpo tan normal: mido dos centímetros menos que el Rector, lo que me hace de un metro sesenta y tres; peso sesenta y cinco kilos y, por más empeño que le he puesto, no logro reducirlos; el castaño oscuro fue siempre el color de mi pelo, pero hoy me veo obligada a hacerme baños de tintura caoba para esconder las canas. Mis ojos son café y cada una de mis facciones es regular, nada en mí es radicalmente sobresaliente. Soy ancha y un poco cuadrada, nunca gocé —ni durante la más lozana juventud— de la gloria de poseer una cintura. En diaria conversación conmigo misma, prometo dejar el pan y las pastas, hacer abdominales cada mañana, buscar tiempo libre para el gimnasio que se instaló al lado de mi departamento, en los edificios Turri: propósitos ineficientes, la falta de sistematicidad en mi actuar anula toda la buena intención de mi convencimiento. Al fin, no me someto exactamente a la mantención de un auto de carrera y el esmero dura lo que un bonito momento de ocio. Disimulo el envejecimiento a base de afeites y, lo que insisto en considerar más importante, dignidad. Llevo los años a cuestas con la sensación de que, después de todo, resulto relativamente simpática. Para sintetizar un asunto poco trascendente como mi apariencia y tan poco medular para esta historia, sin pecar de exceso de humildad puedo afirmar que lo usual en mi vida cotidiana es pasar inadvertida. Si alguien piensa que esta impresión es dramática o autolacerante, se equivoca: es simplemente así, no tiene nada de particular. Y para el trabajo que hoy desempeño, no me viene mal.

Fui una más de las chilenas que apoyó la ilusión de un socialismo diferente en mi país, y si llegué a engrosar las filas de los exiliados no fue por lo preponderante de mi acción sino por la de mi marido: el dirigente era él. La vida me ha enseñado una infinidad de cosas, llevo cincuenta y cuatro años en ella, lo cual no es desechable. Probablemente ya aprendí todo lo que deba aprender, el resto permanecerá intocado para mi virtual sabiduría. Soy una pecadora en muchos aspectos, realzando como el peor pecado el del desaliento, una emoción esencialmente chilena. Todas las aspiraciones a la dicha real me constituyen un tormento pues intuyo que jamás podremos realizarlas. Oscilo; a veces el mundo escapa a mi comprensión, otras, me siento capaz de abrazar toda extravagancia de sus moradores, lo que probablemente le ocurra a todos. Y uno de mis aprendizajes, adquirido con su buena cuota de incertidumbre y pesar, es que para una mujer ser independiente es algo difícil, aun al borde del cambio de siglo en que nos encontramos. Que las que buscan su auto-determinación casi siempre pagan caro por ello. Que la palabra *libertad* aplicada a una mujer es casi siempre una mentira. Sobrevivo ensayando de sustraerme a esta implacable realidad, volviendo la cara para no encontrármela nunca de frente.

Entonces, desde esta mujer que soy, y poseyendo las pocas certezas que poseo, debo imaginar a otra —tan distinta a mí—, a una de aquellas excepciones que constituyen el uno por ciento restante al que me referí. Debo ser capaz de ponerme en su lugar y, para ello, como es tanto lo que nos diferencia, sólo cuento con un elemento propio, íntimo, que para un hombre puede resultar abstracto: C.L. Ávila es también una mujer, rodeada por las mismas leyes, obligada a someterse a ellas o a sucumbir.

He terminado de leer su entrevista: me sorprende que a Tomás Rojas no lo hubiese herido un poco. Es más, él me la entregó, sin su voluntad yo no habría tenido acceso a ella. Al hacerlo, no sólo me entrega claves contradictorias sino, además, en forma oscura e inconsciente, siento que hace un acto de expiación.

Madrid, invierno de 1997, enero o febrero: significa, por la diferencia de latitudes, que entre la entrevista y la desaparición no mediaron más de diez meses. Su mujer no solamente omite cualquier mención sobre su persona, sino que se declara abiertamente un ser infeliz. Incluso alude a un gran amor que aunque data de otras épocas, no es él. Probablemente bajo la apariencia de un hombre mexicano, ella, en sus desviaciones de autora de ficción, esconde al guerrillero colombiano, manteniéndolo tan oculto como una vergüenza.

No necesito, a estas alturas, ser siquiatra para diagnosticar que C.L. Ávila sufría una depresión. Todo lo que se refiere a sus últimos tiempos lo delata: hay demasiados asomos de vacilación, de vértigo. Y el abanico de posibilidades se abre como la cola de un pavo real: a una mujer deprimida le puede suceder cualquier cosa. Sus respuestas pierden sagacidad, el estado de alerta cae, la lucidez amaina y el hormiguero humano se torna aún más negro. Como escritora, C.L. Ávila no se permitió mayores excentricidades o caprichos: no pasó los últimos diez años en la cama, no se fugó a un pueblo vecino exigiendo que arrancaran las fotografías de las portadas de sus libros, no se entregó al alcohol, a las pastillas o a las drogas, ni llegaba a un país extranjero para encerrarse en la habitación de un hotel o para partir a la mañana siguiente sin cumplir el itinerario. No: cumplía con la convención que la norma le dicta a un autor exitoso a fines de la década de los noventa. Que ello le infiriera sufrimientos, sí, claro que sí, pero los guardaba adentro, cubiertos, como un mechón de cabellos en un antiguo camafeo.

Mis propias respuestas, al llegar a ciudad de México, eran torpes, casi subterráneas, como hermanastras de un temblor. C.L. Ávila se había adueñado de mí.

El poder que ejerce este país sobre ciertas personas amainó toda sensación. Antes de aterrizar, giré mis ojos a la derecha buscándolos a ellos, los volcanes. Reposaban, oro y violeta, vigilantes irrevocables. El Popocatepetl y el Ixtaccihuatl, humeante el primero, oscuros y testarudos ambos, tocaban el horizonte. Fui totalmente embargada por la visión, la risa de la muerte carcajeaba desde las calacas entre pan dulce y flores de papel. La patria del albur y del negro humorismo se me extendió verde y negra como el color de sus barros, como la Sierra Madre, esta enorme serpiente que repta entrando y saliendo y cruzando y rodeando y asomándose allí donde no se le espera y acá donde sorprende a toda la tierra mexicana.

Hugo me esperaba. Pensé en mi pasado matrimonio como en un refrigerador que guardara exquisiteces que nunca llegaban a consumirse. ¿Cuándo era el momento para el caviar? ¿Y el intervalo exacto para el paté francés? ¿Cuál el acontecimiento que justificara abrir el champagne? Todo vencido, pasado de fechas, inútil. Puras fantasías al fin abortadas.

¡Qué lástima pisar esta ciudad en el mes de enero! Luego de seis años, desde aquella invitación que Hugo tuvo la amabilidad de brindarme junto a nuestros hijos, pensé que volvería en época de lluvias, aquel tiempo de los cerros lavados. Es que la lluvia mexicana y yo vivíamos un noviazgo. En México el agua está asociada al placer, al aire entre fresco y tibio, al explosivo verdor. En cambio, en Chile, siempre está unida a la miseria, vale decir al frío, al barro y a la humedad malsana. Pero lo real es que he llegado en el tiempo seco y la altura se siente en demasía, también la contaminación. Hugo me llena de advertencias en cuanto a la seguridad, que no tome un taxi en la calle sino sólo los de sitio, que cierre la ventana del auto para que no nos sorprenda un pistolón, que no acarree dinero, en fin, casi no le escucho porque en el fondo no quiero creerle. No estoy dispuesta a que me cambien la fisonomía de este lugar que, como el café o el tabaco, produce en la sangre verdadera adicción. Pienso que al menos desde ese punto de vista, C.L. Ávila y yo somos hermanas.

Desde el aeropuerto hacemos el conocido recorrido hacia el sur, Tlalpan, hasta llegar a la Villa Olímpica donde estuvo mi hogar durante tantos años. En la torre número trece todo se mantiene igual. Hasta el vecino de nuestro departamento es el mismo argentino de entonces, uno de tantos que, como mi ex marido, prolongó su exilio para siempre. Hugo me pregunta si quiero oficiar de dueña de casa o si prefiero estar en calidad de huésped. Como ser ama de casa y quejarse son inevitablemente sinónimos, opto por la segunda categoría. Y, no exenta de una sonrisa irónica, recuerdo a una adinerada esposa latinoamericana sosteniéndole a Pamela Hawthorne su pasión por los hoteles: sólo ellos la hacen sentir una persona adulta e independiente, sólo en ellos se obtiene el tiempo deseado sin interrupciones, sólo allí escapa a la vida minuciosa y doméstica, sólo allí goza de comida en cuya confección no ha intervenido, sólo allí se iguala con los hombres.

Nuestro querido Tonatiuh, manteniendo su histórica lealtad, la de aquellos tiempos del exilio, accedió a encontrarse con Hugo al día siguiente. Cuando le contó que llegaba y que era yo la interesada, él no se inmutó. No es falta de aprecio a mi persona, sino que él es enteramente mexicano y las cosas importantes se hablan entre hombres, hermano.

Hugo ha preparado uno de mis platos preferidos: chiles rellenos. Devoro los que llevan queso, Hugo elige los que llevan carne. Después de la cena bebemos un par de vasos de tequila reposado, cien por ciento agave azul, puntualiza Hugo. El argumento que nos envuelve, del todo previsible, es el de nuestros hijos: nadie más encantado que él y yo de poder expandirnos sobre lo que sólo a nosotros dos puede producir ese goce e interés. A veces pienso que a los hijos se les engendra entre dos para no aburrir al prójimo con esa materia, para que el fanatismo de tal conversación pueda compartirse con otro a quien le signifique lo mismo.

Recién llegada, ha conducido mi equipaje a la pieza que antiguamente ocupaban ellos, con sus dos camas gemelas y sus mismos estantes, con los banderines del Cruz Azul y posters del Che aún colgados en el muro. Emiliano Zapata, en una fotografía color sepia de la época de la Revolución comprada por mí en el Archivo Casasola, mantiene su lugar central sobre la muralla en medio de ambas camas. Pienso en lo acogedor que debe resultarle a mis hijos llegar a esta habitación cuando visitan a su padre, calor impreso desde la infancia.

Cuando ya hemos resuelto terminar la jornada, caigo en cuenta de que es la primera vez en cuatro días, desde aquel lunes en que me asignaron el caso de C.L. Ávila, que transcurre un largo rato sin que me ocupe de ella. Hoy es jueves, recién jueves, pero aun así me siento culposa como la más vil de las *trabajólicas* y le pido prestado a Hugo su video. Me lo llevo a mi actual habitación para revisar la cinta que me enviaron ayer de la editorial, la de su presentación en la Feria del Libro de Miami, su última aparición pública.

Mientras activo el aparato, escucho los ruidos que emite el agua del lavatorio en el baño de la pieza contigua y pienso en otra similitud entre C.L. Ávila y yo: ambas podemos presumir de la amistad de un hombre que fuera alguna vez nuestro gran amor. En justicia, habría que darles también algún crédito a Hugo y al Comandante Monty, pero la vida me ha enseñado que son pocas las mujeres que lo logran.

El sueño me vence, en la actualidad ocho horas de avión no atraviesan mi cuerpo en vano. Y me duermo escuchando la voz de C.L. Ávila en su última aparición pública, voz tan suya y característica por lo ronca. Mi último

pensamiento es que hay una cierta cualidad in-
soslayable en las voces roncas que no poseen las
otras, cualidad de imposible indistinción, de
improbable desdibujamiento.

La cita es en el otro extremo de la ciudad, en un café del Centro Histórico, en el Primer Cuadro. Acompaño a Hugo y antes de entrar al *Sanborns* del Palacio de los Azulejos, repasamos las últimas instrucciones. Ha quedado de encontrarse con Tonatiuh en la planta baja, entrando por la calle 5 de mayo, en el lado donde está la barra. Yo voy, en cambio, por la entrada de la calle Madero, subo al primer piso, cruzo la librería y me instalo en el café que le sigue, donde, por razones de arquitectura del edificio, es imposible ser vista.

Nadie podría acusar a Tonatiuh de ser una persona que abuse de las palabras ni que las prolongue innecesariamente. Sin embargo, los dos cigarrillos que me fumé acompañando el café claro y aguado —maldita costumbre de hacerlo a la americana— me parecieron eternos. Mil cosas e imágenes deambulaban por mi mente, incluso la alternativa de partir yo misma a Guerrero. Así, cuando Hugo apareció en el

umbral de la puerta, con ese aspecto tonifican-
te que caracteriza las primeras horas de la mañana de todo hombre que cree en sí mismo, me
abalancé sobre él.

—Calma, Rosa, calma.

—Siéntate a mi lado y cuéntame —an-
siosa le ofrezco cigarrillos y pido un café para él.

—Hice lo que me pediste. Resultado: él
estuvo allí no hace mucho por lo que su información es confiable. Primero, el Comandante
Monty no los ha visitado en el último tiempo,
tampoco en el penúltimo. Está demasiado ocupa-
do en echar abajo al gobierno de Colombia para
preocuparse de sus compañeros mexicanos. No lo
han visto ni han tenido noticias suyas. Segundo:
no se ha practicado ningún secuestro durante los
últimos meses, le dejé claro que nos interesaban
los hechos a partir de fines del mes de noviembre.
Tercero, sí, existen mujeres en los campamentos.
Ninguna, que él sepa, está allí por voluntad ajena.
También hay ayudistas en diferentes lugares, en
pueblos o ciudades. Imposible para él conocerlas,
la compartimentación se lo impide. Cuando le
pedí que averiguara si entre ellas se contaría C.L.
Ávila, se sorprendió. Considera que por ser una
persona conocida, la tendrían muy cubierta si se
hubiese unido a sus filas porque ello acarrearía
problemas de seguridad. Insistí en tu petición de
averiguar. Lo noté muy dudoso, y tiene razón

después de todo. Como me dijo, si la escritora trabajara con ellos y él te traspasara esa información, ¿qué harías tú con eso en las manos? Nuestra historia avala la garantía que le di de no perjudicarlos, avisar a la policía o acciones por el estilo, lo cual me pareció innecesario mencionar siquiera, pero lo hice tal como me lo pediste. Le dije que en caso de que se encontrara aquí, a ti te interesaría entrevistarte con ella. Me miró como si estuvieras loca y creo que agradeció no haberte incorporado a la reunión.

—Es que yo sé, Hugo, que ella no se les habría unido voluntariamente. Hay secuestros y secuestros. Pueden tenerla escondida mientras esperan una supuesta llegada del comandante, habiéndole obligado a entregar todo el dinero; pueden haberla embaucado de muchas maneras.

—Eso no se lo dije, dalo por descontado.

—Y... ¿en qué quedaron?

Hugo hace una pausa, sólo alguien que lo conoce como yo puede notar que una leve ola de vergüenza lo recorre, la forma cómo levanta los hombros me sugiere que está un poco abochornado de mí y de sí mismo.

—Tuve que recordarle aquel episodio del muchacho baleado. En el fondo, se lo cobré... y eso es feo, nunca hay que hacerlo.

(Creo que he olvidado contar que Hugo es médico cirujano).

—No debes sentirte así. En la política, los negocios son negocios. Más aún en la guerrilla. Si tú te arriesgaste salvando a ese chiquillo en forma clandestina, tienes derecho a pedir de vuelta una información... Encontrar a Carmen también es salvar una vida, Hugo.

Temí haberlo presionado más de la cuenta, de alguna forma inconsciente yo acudía a sus propias culpas conmigo —él se enamoró de otra entonces, no yo— para hacerme un favor y eso era infinitamente peor que cobrarle a los guerrilleros.

—Sí, hará la averiguación. Puede tardar.

—Gracias, Hugo, infinitas gracias. Ahora, ¿podrías relatarme la conversación entera, por orden, y con todos los detalles?

Me mira desconcertado.

—Ya te conté todo lo que hay que contar... bueno, Rosa, debo partir hacia el hospital.

Recordé entonces que hablaba con un hombre y que desde su punto de vista masculino, en donde los detalles desaparecían en favor de la esencia, todo estaba dicho.

—¿Qué harás durante el día? Yo me desocuparé a las seis y entonces podemos ir al cine o lo que tú quieras.

—Iré al Franz Mayer, siempre muestran alguna exposición que vale la pena. Luego pasearé un poco, por el parque, no sé... No llamaré a ninguna de mis amigas, algo me dice que no es adecuado, que no debo mezclar las cosas...

—Sí, me parece bien. ¿Trajiste las llaves del departamento, por si quieres echarte una siesta?

Nos despedimos en la acera de la calle Madero y yo me preparé para una jornada placentera y de distensión.

Al día siguiente, después de ducharnos, tomábamos el desayuno sentados a la mesa como lo hicimos mil veces en otros tiempos, y mientras yo me preguntaba interiormente si antes de morir alcanzaría el privilegio de que alguien me preparara y sirviera sistemáticamente el desayuno en cama, le comenté que me quedaría en casa por si llama Tonatuih.

—Pero si recién ayer hablé con él, Rosa, y fue explícito diciéndome que podía tardar.

—¿Y cómo sabes si ayer mismo no tuvo una reunión superestructural? No necesita ir a Guerrero para averiguarlo, juraría que centralizan la información aquí, en el D.F.

—No jures nada porque, en este campo, no eres una experta. Me apena que pases el día encerrada inútilmente, después de todo hoy es sábado... ándale, Rosa, sal de paseo...

—No estaría mal ponerme al día con las

telenovelas... y echarle un vistazo a tus libros. Ya, anda, si me dan ganas de salir, lo haré.

—Bueno, me desocuparé temprano del turno, te llamo.

Cuando Hugo hubo partido, lavé los trastos del desayuno, guardé en la alacena el pan dulce que no tocamos, las conchas, donas y palmeras que siempre fueron mi perdición, y me asombré de la rapidez con que una asume los papeles de antaño, como si nunca hubiese dejado de cumplirlos.

Cuando regresó a casa esa tarde, Tonatiuh no había llamado, como él lo supuso, pero mis obsesiones ya habían tomado otro rumbo.

—Por favor, siéntate a mi lado y dime todo lo que sepas sobre Santiago Blanco.

—¿Santiago Blanco? Es un conocido escritor mexicano, leído también en otros lugares del mundo. Fue muy solidario con el exilio chileno, ¿no te acuerdas de él?, escribió artículos contra la dictadura y participó en los actos culturales que nosotros organizábamos.

—¿Qué más?

—Pues, es un gran novelista. Sobre su vida privada, no sé nada. Pero si te interesa, puedes preguntarle a nuestro vecino argentino, él es profesor de Literatura en la universidad y puede saber más. Total, a pesar del tamaño de este país, la elite no es demasiado grande y se conoce bien entre ella. Espera, te voy a mostrar...

Se levanta y se dirige hacia el anaquel de libros que reposa en el costado de la sala tras el bargueño rojo y negro. Lo veo insistir en una búsqueda infructuosa y rezongar para sí mismo.

—¿Qué buscas?

—Su mejor novela, la que lo hizo más famoso y que a mí me gustó mucho... pero no la encuentro, no sé quién mierda me saca los libros...

Me dirijo a mi dormitorio, o mejor dicho, al dormitorio de mis hijos, y vuelvo con un libro en las manos. Se lo extiendo.

—¿Será éste?

—¡Sí, ése es! ¿Tú lo tenías?

En mis manos, una bonita edición, portada brillante en colores tierras, que me atrajo la atención sólo porque reposaba en el anaquel al lado de *La muerte no tiene nada que decir*. Se trata de una novela de Santiago Blanco: *La Loba*.

Cada vez que comenzamos un caso, El Jefe nos regala un cuaderno en blanco para que anotemos en él todos los datos e informaciones que nos lleven a resolver la investigación en que trabajamos, recordándonos con ello, supongo, que en nuestro quehacer es la inteligencia la que prima y no la acción, por si alguno se ha dejado llevar por fantasías televisivas. Ahora bien, tratándose de El Jefe, que es una persona más bien tosca y primitiva (y allí radica justamente su extraordinaria intuición), el cuaderno no es más que uno escolar, cuadriculado, con espirales que lo anillan, como los que compran mis hijos para la universidad. Si alguien se imagina bonitas libretas encuadernadas con papel blanco, satinado y lustroso donde el lápiz se desliza con los vaivenes de un buen patinador en el hielo, se equivoca. Este cuaderno es el que me acompaña día y noche desde el lunes pasado y veo con espanto la cantidad de hojas que he llenado, como en ningún caso anterior. Lo tomo de mi velador para anotar el epígrafe de la novela de Santiago Blanco:

Yo soy como la loba
Quebré con el rebaño
y me fui a la montaña
Fatigada de llano.
Yo tengo un hijo fruto del amor, amor sin ley.

Yo soy como la loba, ando sola y me río
del rebaño. El sustento me lo gano y es mío
dondequiera que sea, que yo tengo una mano
que sabe trabajar y un cerebro que es sano.
El hijo y después yo, y después... lo que sea.

de *La inquietud del rosal,*
Alfonsina Storni

Eran las cuatro de la tarde, no pasaba aún de la página noventa cuando el impulso me llevó al teléfono, arrollada por una urgencia feroz: debía hablar con Tomás Rojas. Por ser sábado, la oficina no me servía. Al menos le quitaría a la secretaria el placer de negármelo. Pensé con rabia que todas las secretarias de los hombres importantes son iguales: creen que negar a su jefe les da, definitivamente, un status determinado, pareciera que en ello radica la relevancia de ellas mismas como seres humanos.

Fue Georgina quien me atendió y muy amablemente me pidió que lo llamara a Cachagua, donde pasaban el fin de semana. Cuando ya logré la comunicación con la casa de la playa, apareció la voz de Ana María Rojas, quien me informó que su padre jugaba al tenis. Volvería en una hora, más o menos. Le dejé el recado.

Por fin, una hora y media más tarde, tuve la voz del Rector al otro lado de la línea, la que se escuchaba visiblemente agitada.

—¡Rosa! Soy yo... ¿me tiene alguna novedad?

—Calma, Rector, aún no, pero vamos por buen camino. Necesito su ayuda. Trate de agudizar la memoria, trasládese a México, año 1983: ¿dónde y cómo conoció usted a Carmen?

—Rosa, ¡usted se volvió loca! Estaba jugando tenis, vuelvo agotado a ducharme y me encuentro con su recado... pensé mil cosas... mañana estaré en medio de una reunión del Consejo Superior y usted me va a interrumpir para preguntarme cuál era el color preferido de mi esposa... Pensé que se trataba de una emergencia...

—Usted no entiende, Rector, y no se lo puedo explicar por teléfono, pero ésta es efectivamente una emergencia. Ya, ayúdeme y haga memoria: ¿dónde la encontró por primera vez?

—En una especie de bar, en el barrio de Coyoacán. Un amigo chileno, del exilio, me llevó hasta ahí una noche; él me la presentó.

—¿Qué hacía Carmen cuando usted llegó al bar?

—Bailaba. Bailaba sola arriba de una mesa con la música a todo volumen y la gente del bar —parroquianos aparentemente, un lugar frecuentado por artistas— batía sus palmas. No se sorprenda, Rosa, acuérdese que le he dicho que ella era un poco loca...

—¡Eso es! Loca, ¿verdad? A usted se lo dijeron, ¿cierto, Rector? Quiero decir, ¿esa misma noche?

—Qué extraño que me lo pregunte... Sí, me lo dijo mi amigo, el que me la presentó, ¿cómo lo sabe usted?

—Su hija me lo comentó...

—Ah, ya me parecía raro... sí, me dijeron que era una loca y yo no podía sacar los ojos de sus piernas mientras bailaba... éramos varios los hombres, recuerdo bien, estábamos parados, más bien reclinados sobre el muro en la parte de atrás, el boliche era pequeño, y todos la mirábamos con la misma concentración.

—Rector, trate de recordar, ¿cómo andaba ella vestida?

—Creo que me pide demasiado...

—¿No sería con un vestido rojo?

Tarda caros instantes de larga distancia.

—Ahora que usted lo dice... sí, era rojo.

Pero yo me fijé en sus piernas... usaba esas medias... como las bailarinas de Toulouse Lautrec, ¿me explico?

—¿Se estará refiriendo a medias caladas? ¿Esas que son como mallas, hechas de triángulos?

—Exactamente. No olvido esas medias, no se cuál es la razón... Pero, dígame, ¿por qué pueden resultar importantes detalles tan insignificantes?

—Eso se lo explicaré después... Una última pregunta, Rector, ¿qué hizo después del baile?

—Me fui con ella, Rosa, y dudo que eso sea de su incumbencia.

—¿Durmieron juntos?

—Sí, y si está tan ansiosa de detalles, puedo agregarle que hicimos el amor. ¿Alguna otra pregunta?

—La última: ¿ella amaba a algún otro hombre en ese momento?

—Escuche, estuvimos tres días con sus noches juntos, pero a pesar de que yo enloquecí con ella, me pareció que debía darle un carácter de aventura, por lo que no nos permitimos muchas preguntas. Yo estaba casado, después de todo.

—Usted, sí, eso me queda claro. Pero, ¿y ella?

—Bueno, ella siempre estaba enamorada. Me dijo de paso que tenía algún enredo con un mexicano, pero no le di mayor importancia.

De hecho, cuando nos reencontramos en Chile —ahí ya el asunto me importaba— se lo pregunté. Me negó la existencia del mexicano, era siempre el colombiano el que aparecía en sus historias...

Al despedirse de mí, me dijo con voz algo socarrona.

—Espero que sepa lo que hace.

—No se preocupe, Rector, en mi trabajo casi siempre lo sé.

Al colgar, estaba tan excitada que no pude volver al libro. Me fui a la cocina y mientras hervía el agua, tomé una silla, de esas talladas y pintadas a mano con colores brillantes, me senté en la mesa y prendí un cigarrillo. *Cuando papá la conoció, ¿sabe qué le dijeron? ¡Que era una loca! Una loca, eso le dijeron al momento de presentársela.* Ana María Rojas me había hecho un gran favor sin proponérselo. Me levanté inquieta y volví a la cocina con *La Loba* entre mis manos. Me pareció una posibilidad sugerente el que un hombre celoso —un escritor— robase por unos momentos el punto de vista del que es propiamente el objeto de sus celos, previo relato de la interesada en encenderlos, por supuesto, y hablase desde allí. Busqué la fecha de publicación: año 1985. Recorrí de nuevo las dos primeras páginas, pensando esta vez en Tomás Rojas.

Una loca. Era una loca. Que la mujer del vestido rojo bailando arriba de esa mesa era una loca, le dijeron.

Esa habría sido la primera referencia que obtuviera si aquellas palabras le hubieran ganado en peso a la imagen: una pantorrilla fuerte musculosa y flexible de perfecto contorno bajo la malla calada de bailarina, miles de pequeños triángulos negros sobre el blanco de la piel como un diminuto tablero de ajedrez mirado en diagonal, diamantes perfectos relucientes entre el remolino. Todo lo demás, el ancho ruedo rojo volando por sobre las cabezas, la melena ensortijada desordenándose más y más a cada movimiento, las gotas de sudor sobre el labio, el cuerpo resuelto al compás de la música, los pies descalzos, la mirada en llamas de hombres recostados sobre un muro rosa brillante, empinando uno tras otro los vasos de tequila, el ambiente espeso de risas cómplices, humo de cigarrillos y mariguana, vahos de alcohol, repleto el local, irrespirable mientras un joven se esfuerza por avanzar para atender un pedido allá al fondo entre las sillas y mesas que se entrechocan, concentradísimo en no derramar una sola gota del líquido incoloro que porta en pequeños vasos cilíndricos, dedales de azul incierto.

Todo lo demás, inútil, pues nada de ello le atañe por haber quedado fijo, colgado del rectángulo que su vista arbitrariamente cerró: una pantorrilla fuerte y flexible de perfecto contorno bajo la malla calada de bailarina, miles de triángulos negros sobre el blanco de la piel.

Ese encuadre lo saturó todo.

Al despedirse a la mañana siguiente, tuvo la osadía de preguntarle a la falsa bailarina cuál era su fantasía.

—Tener una casa en algún lugar del mundo. Pintada de azul.

Bang bang. La pelota rebota. Los niños la atrapan. La niña queda mirando, queda mirando, queda mirando. La niña no atrapa nada, la niña sólo mira.

Cuando Hugo volvió esa tarde de cumplir con su turno en el hospital, eran dos las llamadas a Chile que había efectuado. Porque después de cortar la comunicación con el rector, mientras fumaba mi cigarrillo en la cocina, sentada en la silla de colores brillantes, mil ideas cayeron sobre mí, como un manto de lluvia.

En la entrevista que leí en el avión, la única vez que C.L. Ávila habla sobre el amor, lo hace —inequívocamente— a propósito de un hombre mexicano. *El problema con los mexicanos es que nunca dejan de estar casados.* Sin embargo, hasta ahora nadie se ha referido a él, todos mencionan al guerrillero colombiano, y siento como si, súbitamente, esa tarde en el Hotel *Palace* de Madrid, por razones probablemente relacionadas con Tomás Rojas, ella se entregara dócil a decir la verdad. Entonces, si es así, ella no escondía al colombiano. El Rector fue perfectamente explícito hace un momento: en su reencuentro, C.L. Ávila niega a su amante mexicano, habiéndoselo mencionado algunos años atrás en México. No hay dedicatorias explícitas, Jill no habla de él: deduzco, por lo tanto, que es ése el hombre importante en su vida y no Luis Benítez. La ausencia de la rosa es la rosa. Resulta fácil construir un cuento en torno a una figura más mítica, más controvertida que un escritor: un comandante de la guerrilla. El pobre comandante Monty, ¿sabría él que su imagen fue eternamente utilizada para ocultar la de otro hombre?

La novela *La Loba* es una historia sobre el desamparo, un precioso tratado sobre el desamparo. El estudio sicológico sobre la protagonista es soberbio y pienso que para escribirlo se requiere de una enorme sensibilidad... pero también de algún conocimiento en la materia. La acción se basa en los complicados mecanismos de la mujer para disfrazarlo y combatirlo en su interior, ante la mirada impotente del hombre que la ama.

Pero esto no habría bastado para hacerme sospechar, ¿verdad?, porque la faz de la tierra contiene a más de una mujer al desabrigo. Fue un párrafo que leí en la página noventa el que hizo surgir en mí la necesidad imperiosa de hablar con el Rector:

*Amplificada la locura, se aniquila, dijo él.
Y emprendieron un viaje para recuperar tejidos
heridos.*

*En España fue el flamenco. En Italia la ta-
rantella. En Rusia, el baile cosaco. Todas las notas
se le metían al cuerpo, endiabladas, la poseían.*

—*¿Cuándo aprendiste esos pasos?*

—*Nunca.*

—*¿Es la primera vez que los bailas?*

—*Sí.*

*Mi pájaro de fuego, la llamó ardiendo
dentro de ella. Avanzaron hasta encontrar aquella
pieza de los espejos. Multiplicados ellos, tantos
amores se besaron tantas veces en los reflejos, carrusel de imágenes en el extravío. Miró su cuerpo
veinte veces cuerpo antes de inundarla, de rebosar-
la, de expulsar su propia materia y los espejos le
devolvieron un cuerpo-turbina. Pájaro de fuego,
no, le dijo entonces, un colibrí. Y ella lo aparta al
laberinto mismo de la lujuria, andando en vueltas, echando por los trigos, por esos trigos de Dios.
Y él repite: un colibrí.*

Un colibrí... La intuición es fuerte y la
racionalidad no va de su mano. Ella pregunta,
¿no estarás apurándote mucho, Rosa Alvallay?

Sin embargo, la casualidad es un elemento importante en cualquier investigación. Una fuerza interior irrefutable me dice que no me equivoco. Concluyo, entonces, que la novela está basada en C.L. Ávila. Que ella, la náufraga, según su virtual definición, es también la loba.

Fue entonces cuando hice el segundo llamado telefónico, esta vez al hotel donde Jill se hospedaba en Santiago. Me sorprende al relatarme que ha pasado la mañana en la casa de Las Condes, ordenando el escritorio de Carmen. (¿Limpiándolo para la posteridad?) Anoto en mi mente el que haya aprovechado la ausencia de Tomás Rojas o de su hija para hacerlo.

—Jill, necesito un dato que sólo usted puede proporcionarme: ¿cómo se llamaba el escritor aquel, el dueño de la casa de Coyoacán al que ustedes arrendaban las piezas?

—¡Qué pregunta tan extraña, Rosa! ¿Me va a decir que eso le sirve para su investigación?

—debo reconocer que, después de haberme confiado el relato del episodio de Guatemala, pensé que Jill no continuaría mostrándose reacia a responder—. Además, yo no le dije que se trataba de un escritor...

—Es que, lo siento, Jill, pero usted no es mi única fuente —contenta de darle ese golpe bajo, continué, aparentando la ingenuidad necesaria para la ocasión.

—Me imagino que no estamos frente a un dato relevante que a usted le cueste entregar, ¿o me equivoco?

Casi pude mirar a través de los kilómetros de la línea su expresión quisquillosa y pensé que si se negara a decírmelo, cometería un grave error. Ella debe haber pensado lo mismo.

—Se llamaba Santiago Blanco.

—Gracias, Jill, eso es todo. Ha sido usted muy amable...

—Rosa... una palabra más antes de cortar... ¿por qué mejor no investiga a los que le hicieron daño?

—¿A quién se refiere? —pregunto mientras me sorprendo, ¡cómo protege a Santiago Blanco! En el discreto mutismo recordé a la empleada de Tomás Rojas y su desconcierto porque Jill se alojaba en un hotel y no en la casa como antes, luego la frase aquella del propio rector: *Jill no es amable conmigo desde hace un tiempo.* —¿A Tomás?— le pregunto con voz débil.

—¡Ese hijo de su chingada madre!

—Pero, Jill, ¿por qué no me lo dijo entonces, cuando conversamos?

—Porque no se trata de *mi* vida sino la de mi amiga. Créame, si no he cortado toda relación con él es sólo por Vicente... usted sabe que él es muy apegado a su padrastro.

Un breve silencio.

—¿No me va a decir más?

—No me corresponde. Pero cuando hable con él, pregúntele por aquella prima de Carmen, la chava del sur, a la que recogió y formó con enorme paciencia hasta convertirla en su asistente...

—¿Gloria González?

—Ella misma... me encantaría saber qué respuesta da.

Y ya, no pude sacarle una palabra más. El nombre de Gloria González, la asistente despedida, volvió a mi mente, pero ante la imposibilidad de desentrañar algo desde la distancia, la dejé a un lado y volví a concentrarme en el escritor mexicano Santiago Blanco.

No había que ser mayormente perspicaz para detenerse en ese punto luego de leer la entrevista: ¿por qué realzar —especificándoselo al periodista— que la casa donde ella vivía pertenecía a un escritor si ese dato no le fuera íntimamente sobresaliente? El departamento en que yo vivo en la esquina de la Plaza Italia con Vicuña Mackenna pertenece a un ingeniero civil a quien se lo arriendo hace ocho años y, créanme, aunque él hubiese ejercido como detective privado, nunca lo destacaría en una entrevista.

Así, a su llegada a la Villa Olímpica, Hugo encontró a la madre de sus hijos con una nueva obsesión entre ceja y ceja. Decidió invitarme a cenar a un pequeño restaurante italiano que abrieron en el sur para despejarme un poco la cabeza, y a mí me pareció una estupenda idea. (¿Por qué todos me llevan a restaurantes italianos?) En su honor, tardé un rato en peinarme y acicalarme y, mientras me miraba al espejo, pensé que no debía perder un cierto grado de coquetería aunque cumpliese cien años.

Sorpresivamente se abrió la puerta del departamento de nuestro vecino en el mismo momento en que lo hacíamos nosotros. Julián Rossi, como todo buen argentino, sigue siendo un hombre apuesto y los años no han hecho más que confirmarlo. Pensé que en su infancia debe haber comido más proteínas que Hugo y yo juntos y que sus antepasados italianos todavía le lucen. Los saludos fueron cariñosos y deduzco que sigue manteniendo, como antes, una buena relación con mi ex marido. Esperamos el ascensor que por fin llegó, porque no se atasca como el de mi casa, y descendimos juntos. Y a pesar de la expresión de resignación que aparece en el rostro de Hugo, me lancé al ataque.

—Me dice Hugo que enseñas Literatura en la UNAM, ¿verdad? —y apenas me lo ha confirmado, sigo— ¿No conoces, por casualidad, al escritor Santiago Blanco?

—Claro que lo conozco, él es investigador en la universidad, somos relativamente amigos. ¿Te interesa por alguna razón?

—Sí, le prometí a una revista literaria chilena hacerle una entrevista para ellos...

—¡Ché! ¡Así que estás de periodista!

—No, sólo colaboro con ellos de tanto en tanto, y como yo hice esos cursos de Literatura en la UNAM... —no sé qué más decir, me siento una idiota y lo confirma la mirada que me dirige Hugo. —¿Sabes dónde puedo ubicarlo?

—Claro... te doy el teléfono de su oficina —saca una pequeña agenda del bolsillo trasero de sus blujins y mientras busca la letra B, comenta—. No sé si tendrás suerte, se compró hace unos meses una casa en Puerto Escondido y trabaja allá la mayor parte del tiempo... —encuentra por fin el número, parados en la penumbra de los estacionamientos, y me lo anota en un pedazo de papel que arranca de la misma libreta—. Si lo ubicás el día lunes, decíle que llamás de mi parte, vos sabés, a veces estos escritores famosos se ponen puntillosos...

Si supiera Julián Rossi hasta qué punto mi pobre vida se ha visto inundada de escritores famosos en los últimos días, cómo mi mente ya casi no abarca otra denominación que esa, cuando hace menos de una semana atrás me resultaban impalpables, remotos, invisibles. Al despedirnos, no puedo dejar de hacer la pregunta que no hubiese debido formular pero que me aventajó, como lo hace el último destello de luz a la tarde.

—Julián, ¿estás al tanto de la situación matrimonial de Blanco? Es que yo conocí a su primera mujer...

—Sigue con Lupe, no hay una segunda... él no es del Cono Sur, recuerda —agrega riendo y nosotros nos reímos de vuelta.

—Creo que estás siendo evidente, Rosa... y obsesionada en demasía... ¿no te parece? —me dice Hugo al subirnos al auto.

Previendo la pequeña reprimenda de la que seré objeto, me llega una fugaz imagen de la última presentación pública de C.L. Ávila que capté en el video hace un par de noches, en la Feria del Libro de Miami: no está cómoda, no lo ha estado durante toda la conferencia, y cuando al final un periodista le hace una pregunta de aquellas que pretenden ser capciosas o un poco destructivas a propósito de su personaje Miss Hawthorne, ella mueve el cuello y los hombros en una rara pero evidente postura de quien se siente importunada, acorralada, y me llama la atención su primer impulso de entregarse a la desprotección pero muy luego da la impresión de arrepentirse y moviendo el cuello lo transforma en un gesto orgulloso. Algunas horas más tarde, leí a Santiago Blanco: *Cuando se sentía acosada, transformaba con un leve alce del cuello su expresión en arrogancia, con la suficiencia de un camello de carga, con el mentón siempre apuntando hacia el cielo, inmutable.*

Entonces yo misma, Rosa Alvallay, hago con el mentón una onda circular como lo haría un camello con su cuello —¿los camellos de Jaipur, en la India?— y me dispongo, como C. L. Ávila, a enfrentar lo que venga.

Las secretarias mexicanas son decidida-
mente más amables que las chilenas, pero eso
no significó que la de Santiago Blanco me allana-
ra el paso hacia su jefe: que abandonaba esta tarde la ciudad, imposible ubicarlo hasta la próxima
semana. Apostando a que mis intuiciones son co-
rrectas, le pido encarecidamente que ella hable
con él, dondequiera que se encuentre, y le diga
que una periodista chilena —subrayo lo de la nacionalidad— debe hablar con él antes de partir.
Es probable que, como todo el mundo aquí, lleve un teléfono celular en el bolsillo y se comunique varias veces con su secretaria o con sus
achichincles.

A las diez y media de la mañana del lunes, luego de un domingo muerto para mis in-
tereses, suena por fin el teléfono del departamento de la Villa Olímpica. Yo había efectuado
la llamada al escritor a las nueve y media. Mejor ahorro explicaciones sobre cómo pasé aquella hora y la cantidad de veces que levanté el

aparato para comprobar si funcionaba. Al escuchar por fin el sonido, prendo un cigarrillo, tomo un lapiz y un papel y sólo entonces atiendo. La voz es ronca pero suave, parece emitida sin ningún esfuerzo, como si las palabras exactas maduraran de inmediato en los labios y salieran casi sin necesidad de abrirlos.

—Bueno, ¿podría comunicarme, por favor, con la señora Rosa Alvallay?

Sí, es él y llama directamente, sin intermediarios. Buen comienzo. Le explico lo que debo explicarle, repasando una vez más las frases exactas que ensayé varias veces.

—Lo siento, ni modo, debo salir hoy de la ciudad, no me alcanza el tiempo... regreso en una semana, ¿no se encontrará usted aquí? Con gusto le concedería la entrevista para entonces...

No, no puede ser dentro de una semana... ¿es que no piensa Santiago Blanco comer algo a alguna hora? La gente siempre come, después de todo. Podemos usar ese tiempo... el pobre escritor no sabe cómo lidiar con mi insistencia... preguntas van y vienen, sí, estoy en el sur... él, en Chimalistac... sí, conozco la Gandhi de la avenida Miguel Ángel de Quevedo, el café, ya, una entrevista corta... de acuerdo, no de inmediato, a mediodía, perfecto.

Cuelgo el teléfono con una sonrisa triunfal, aunque noto que he humedecido el aparato con mi sudor, ese sudor que genera la ansiedad.

Doy vueltas por la casa, hasta que vuelvo a tomar el teléfono y esta vez me comunico a Santiago de Chile. Despierto a Martín Robledo Sánchez, aunque allá es pasada la una y media de la tarde.

—Es que anoche prácticamente no dormí... perdón, Rosa, déjame tomar un vaso de agua al menos... para estar algo lúcido.

Se demora unos instantes, recuerdo que la cocina no está lejos de su dormitorio en el departamento del Parque Forestal y pienso que la tarjeta Entel que me entregó El Jefe no se verá mayormente afectada. Vuelve con una cerveza, según me cuenta.

—¿Tomas cerveza a la hora del desayuno? —le pregunto espantada.

—A cualquier hora... no tengo prejuicios... ¿me dices que estás en México? ¿Y qué diablos haces allá?

—Busco a tu amiga, eso es lo que hago.

—¡Ah! Carmencita... ¿Y con algún éxito?

—Está por verse... Martín, necesito una pequeña información que solo tú podrías suministrarme.

—Adelante, soy todo cooperación.

No sé por qué en ese momento me viene a la mente lo tremendamente atractivo que es y me pregunto si C.L. Ávila nunca reparó en ello.

—Trata de hacer memoria... en los muchos viajes que hiciste con ella, ¿coincidieron en alguno con el escritor mexicano Santiago Blanco?

—Santiago Blanco... —repite y luego hace una pausa durante la cual temo que sea incapaz de recordar nada. —Sí, coincidimos en Frankfurt, hará unos tres años, más o menos... no sé, cuando México fue el invitado central de la Feria del Libro. Y también cuando vino a Chile. Ha venido un par de veces, su editorial lo ha traído. Su último libro lo presentó Carmen.

—¿Hace cuánto tiempo?

—Un año, o un año y medio, no sé.

—Supongo que de sus idas a Chile tendrás poco que decirme... ¿Tienes algún recuerdo especial de Frankfurt? O más bien, ¿dirías que eran especialmente amigos?

Escucho una pequeña risa sofocada.

—Quizás —responde y aunque se encuentre a miles de kilómetros de mi, huelo una porción de malicia en la pronunciación de esa sola palabra.

—¿Qué significa eso, Martín?

—No significa nada, Rosa, nada. Sí, eran amigos, lo que no es extraño porque Carmen pasaba a ser uno de ellos cuando se encontraba con los mexicanos.

—¿Porqué dijiste *quizás?*

—No me arrincones... no debo decir nada, así se lo prometí a ella —¿es que no se da cuenta Martín Robledo Sánchez que ya lo ha dicho?

—Tú me comentaste que ella era una esposa fiel...

—No seas literal. Claro que era fiel, nunca tuvo amantes, bueno, que yo sepa... Al menos nunca se acostó conmigo.

—¿Y en Frankfurt? ¿Qué pasó?

—No vi nada. Una noche la llamé y no la encontré en su habitación del hotel, ya nos habíamos despedido para ir a dormir. Tampoco la ubiqué a la mañana siguiente. Luego llegó a tomar el desayuno... como si nada. Le dije que la había pillado. Se rió y me dijo: no se lo cuentes a nadie, ¿ya? Como fue la única vez que esto sucedió, en tantos años de convivencia, puedo sostener que era fiel. Una noche, Rosa, es lo mismo que ninguna.

—¿Y por qué supones que durmió con Santiago Blanco?

—Me dijo que había pasado la noche en el hotel donde se hospedaba el grupo de mexicanos. El resto es descarte: uno era muy viejo, el otro muy zonzo, en fin... y cuando revisamos juntos el programa de la Feria del Libro de Miami y apareció su nombre, le hice una broma y ella se largó a reír, con toda desenvoltura.

—¿Me dices que Santiago Blanco fue a Miami?

—¿No te dijo Tomás que la policía entrevistó a los escritores latinos que participaron de la Feria?

—Si, lo sabía. Es que no pedí la lista... qué error..

—Veo que no has estado muy perspicaz, Rosa —dice en tono de burla—. Pero, consuélate, no significa nada, no se fugaron.

—Eso ya lo sé... —aún así me tortura este pequeño traspié en el que he incurrido—. Bueno, has sido de una enorme ayuda. Vuelve a dormir...

—No, ya me despertaste del todo... cualquier cosa que necesites, ya sabes, aquí estoy...

—Gracias, Martín, me alienta que alguien me lo diga...

Corto y, mirando mi reloj pulsera, descuelgo otra vez el teléfono y pido un radiotaxi. Me retoco un poco el peinado y el colorido de los labios. Recojo mis cosas, saco la pequeña grabadora que conserva Hugo en su mesa de trabajo y que me preocupé el día de ayer de hacerla funcionar. Parto, una vez más, a desentrañar a la escritora errante.

La antigua, enorme y casi mitológica librería Gandhi se encontraba, como siempre, atestada de gente, con la permanente música de fondo en que se transforma el bullicio suave y delicioso que producen, sin proponérselo, los compradores de libros. Aunque en otro momento me habría detenido a curiosear en cada uno de sus mesones, hoy mi objetivo era otro y luego de comprar sólo un libro —*Vislumbres de la India* de Octavio Paz— me encaminé sin vacilación hacia la escalera para subir a la cafetería. Como por milagro encontré una mesa desocupada y me la apropié al instante, depositando sobre ella la cartera, mi libro nuevo, el pequeño grabador, el block de apuntes para tomar notas de la supuesta entrevista y el ejemplar de *La Loba*. Miré dos veces la fotografía de la contraportada ante el nervioso temor que me invadía de no reconocerlo a tiempo. Sin embargo, no titubeé cuando cinco minutos más tarde hizo su entrada un hombre muy grande, de mediana edad, y la sala del piso superior de la Gandhi pareció reducirse.

Lleva una bolsa de género azul en la mano con la inscripción de la librería impresa en una de sus caras (recuerdo que las entregan para cargar los libros sólo cuando se ha gastado una buena cantidad de dinero en la compra), y mira hacia las mesas del café con la mirada un poco vaga e interrogante de quien busca un rostro aún desconocido: es bastante robusto aunque no alcanza a ser grueso, su cabeza es maciza bajo una mata de pelo abundante, descuidada y ya grisácea y algo en las líneas de sus facciones resuena como poderoso. Los bigotes son del mismo color, salvo en los extremos donde prima más el blanco otorgándole un contraste con el mate de la piel, la que delata ese aire saludable de alguien que vive muchas horas del día al exterior y que no le esconde el rostro al sol. La frente es alta y la nariz larga y afilada cae bajo unos ojos de color indeterminado, probablemente pardos. Lleva un traje holgado de un material que me recuerda al lino, de color tabaco, y una camisa blanca abierta en sus dos primeros botones. Este hombre es dueño de una apariencia excesiva, de eso no cabe duda, y es ese mismo exceso el que lo hace aparecer atrayente. Debe ser el tipo de persona habituada a marcar con su presencia los espacios a los que se introduce.

Me levanto para indicarle que soy yo quien le espera e inmediatamente sonríe en mi dirección.

—Si no guardara un afecto especial por su país, no habría desordenado así mi horario del día —es la frase de introducción que me dirige al sentarse en la silla desocupada a mi lado, pero el tono cálido con que la pronuncia desmiente cualquier posible resentimiento—. Debía comprar estos libros de todos modos, por eso la cité aquí.

—¿Tantos?, ¿son todos para usted? —pregunto con asombro, acostumbrada a que en Chile muy pocos lograrían complacerse con esa cara afición.

—No... —sonríe como disculpándose, no fuese yo a creer que él es un acaparador—. Casi todos son de encargo, para una amiga mía...

Ni por un instante su mirada se posó sobre la mesa con los adminículos repartidos en ella para mi entrevista; iba de mi rostro a los de las mesas vecinas, luego a una libreta de tapas de cuero negro que sostenía en sus manos. Pide un café expreso, otro para mí —sin consultármelo— al constatar mi taza ya vacía y mientras llega el pedido, me interroga sobre Chile, su actual transición y sus futuras elecciones, demostrándome cuán al día se mantiene sobre nuestro acontecer.

Conversamos con tal fluidez que en un instante pensé en lo grato que implicaría ser simplemente su amiga y contar con la tarde por delante para no hacer nada en concreto.

Un atisbo de oscuridad envuelve la visión del recuerdo de mi vida cotidiana, donde el tiempo se contabiliza como un riego a goteo, donde la calle juega un lugar tan poco preponderante en las vidas comunes de la gente, donde se trabaja y se vuelve al hogar, sin cafés ociosos ni siestas reparadoras ni horas generosas para compartir, y pienso que aún en ocupaciones tan poco corrientes como la mía, la vida diaria en su totalidad está normada por el apuro y la eficiencia. Se lo comento a él.

—El concepto de ser feliz ya no es una categoría vital para los chilenos, arrancamos esas dos palabras del vocabulario nacional, no sé bien en qué momento...

—Es una lástima, Chile solía ser un país tan amable... —lo dice con sentimiento y se lo agradezco en mi interior, pensando en cuánto amo ese pedazo de tierra allá en el sur y cómo a veces, a lo amante despechada, me siento poco correspondida. Él alude al atractivo que le produce su rara geografía y yo hablo sobre el espíritu insular y enclaustrado a que ella nos fuerza y a cómo su lógica se desvanece y desarma al momento de cruzar la frontera, cómo una vez traspasada ésta, no resiste los embates del exterior, cayendo inservible al océano. Es entonces que me refiero a lo que me ha contado Julián Rossi, lo de su vida al lado del mar.

—¿Sabe? Creo que, a esta edad, si no tomamos la vida en nuestras manos con resolución, ésta nos va a terminar comiendo. Por esa razón compré la casa en Puerto Escondido. Es un lugar muy hermoso... debería visitarlo, en el Estado de Oaxaca, frente al Pacífico... mis hijos ya están grandes y me siento con la libertad de reorganizar algunas cosas, paso allá casi toda la semana, solo. Es una casa sencilla, ni siquiera tiene teléfono. Leo, escribo, trabajo mucho, pero con otro tono. Créame que me ha rejuvenecido y además, ha aumentado mi productividad. Y no es difícil llevarlo a cabo, los vuelos son directos, no tardan más de una hora... de hecho, hoy parto hacia allá, dentro de un rato. Es por eso que tengo un poco de prisa.

Se deja envolver en una mirada complaciente y pienso que tal situación es una especie de tregua y que existen seres en el mundo que luchan por el privilegio de otorgársela a sí mismos. Entonces pienso en C.L. Ávila, en el hastío que le producía su propia vida, en lo insostenible que le resultaba su paisaje y en la docilidad con que parecía asumirlo. Si su amor por este hombre ostentó la grandeza que yo le atribuyo, ¿por qué no actuó en ella como sustancia reconstituyente?

Pasamos, ineludiblemente, a materias literarias. Soy una periodista, no debo olvidarlo. Entre frase y frase, le deslizo la pregunta, bastante obvia en todo entrevistador, sobre los escritores de mi país y me habla de algunos de ellos —los más reconocidos en el circuito internacional— con bastante conocimiento. Yo espero, con paciencia.

—Bueno, también aprecio mucho las novelas de C.L. Ávila, pero no sé si ustedes la consideran chilena, como a una de los suyos... porque nosotros la consideramos casi mexicana, y en Estados Unidos la reciben como norteamericana.

Ya, eso era todo lo que yo necesitaba.

—Aunque introduzca un elemento extraliterario a nuestra conversación: ¿está usted al tanto de su desaparición? —le pregunto como lo haría cualquiera que estuviese en mi ficticia situación.

—Pues, cómo no. Incluso fui interrogado al respecto por la policía, luego de la Feria del Libro de Miami. Ambos asistimos.

Mi expresión de absoluta sorpresa fue indesmentible.

—Cuénteme de ella en esos últimos días... usted comprenderá que en mi país esto ha causado una enorme conmoción...

—Pues, bueno, aquí también. Los periódicos y la televisión lo han cubierto sin cesar... Entre los amigos que estuvimos en Miami hicimos un arduo análisis y llegamos a una conclusión: parecía una persona escindida en dos: la pública y la privada. Públicamente, no se encontraba bien. Privadamente, mejor que nunca.

—¿En qué sentido? —me sorprende genuinamente, nadie lo había dicho.

—En su actuar público, yo diría que se la notaba inquieta, diríase incluso molesta. Huía de la prensa, no se le antojaba dar la conferencia para la cual fue invitada, parecía como alguien presa de la angustia que quiere terminar con todo de una vez. Al menos, eso les pareció a mis compañeros...

—¿Como alguien que hace su último esfuerzo?

—Sí, puede ser... pero no creo que un esfuerzo premeditado, ella no tenía cómo saber que era su última aparición —sus ojos no han cambiado de expresión, como si fuera un asunto que le concierne sólo a medias y yo no dejo de observarlo meticulosamente: o es un gran actor o todas mis suposiciones son sólo eso—. Bueno, ella siempre odió la vida pública, ¿lo sabía?

—Algo he escuchado al respecto...

—Yo la conocí muchos años atrás... vivió en mi casa o, mejor dicho, rentaba una habitación en una casa grande que perteneció a mi suegro, en Coyoacán. Convivían allí desde artistas hasta guerrilleros, usted sabe, aquellos bellos años del compromiso... Tuve el honor de ser el primer lector del manuscrito de *Los muertos no tienen nada que decir.* ¿Cómo habíamos de sospechar entonces que a ella le iría mejor que a mí? Carmen era una muchacha encantadora, divertida, muy vital... Así la volví a ver en Miami, cuando no actuaba de escritora, no sé si me explico... cuando se encontraba cómoda, entre nosotros. Una noche cenamos en un restaurante del barrio cubano y volvió a bailar y a cantar... a trasnochar, a reírse... como lo hacía antes... así se lo dije a la policía.

—O sea, ¿no se le notaba deprimida?

—En absoluto. ¿Sabe? Sin pecar de injusto, a veces pienso que la ida a Chile la arruinó.

Claro, porque te abandonó, Santiago Blanco, porque se casó con otro... qué fácil despacharlo como su ruina, ¿por qué, entonces, no te jugaste tú por retenerla?

—Pero, en fin... no es de mi incumbencia —echa una mirada rápida al pequeño grabador—. Volvamos a lo nuestro antes de que se nos acabe el tiempo...

—De acuerdo. Pero antes de entrar en su trabajo, que es lo que realmente me interesa, aventúreme una opinión: ¿qué cree usted que le sucedió a C.L. Ávila?

—Creo que murió, ¿se puede pensar otra cosa?

Como no titubea en afirmarlo, busco algún rastro de vacilación en su mirada y no lo encuentro, sus puertas se han cerrado, ni reflejo ni luz, impenetrables.

—Bueno, empecemos entonces con su obra... —comienzo a hablar acudiendo al tono más profesional que le supongo a un periodista cultural.

—Perdón, permítame un momento... debo ir al baño, vuelvo de inmediato.

Se levanta con toda desenvoltura y en cuanto veo el lino color tabaco alejándose, de espaldas a mí, mi instinto más que mis manos se apoderan en menos de un segundo —como un ladrón innato y experto— de su libreta negra, la que reposaba tranquila, confiada y descuidada sobre la mesa. No sé, de verdad, qué pretendí pero, insisto, fue el instinto y no mi razón la que actuó. Se abrió automáticamente entre dos páginas que resaltaban en sí mismas por encontrarse guardado entre ellas el liviano bulto de papel de un pasaje aéreo. Lo tomé, abriendo su primera paginilla de colores verdes representando la línea aérea nacional.

Gracias a Dios los hombres también orinan porque si juzgáramos por la evidencia de los lugares públicos, teatros, cines, estadios, etc., pareciera que sólo las mujeres lo hacen. Y digo gracias a Dios porque si no fuese por las súbitas ganas de orinar que acometieron a Santiago Blanco, yo nunca habría llegado a Oaxaca.

Esta vez Hugo estaría en lo cierto si sostuviera que he perdido la cabeza. Y eso que no me vio subir al avión, toda disfrazada. La ridícula pero verosímil peluca rubia ceniciento que traje conmigo ha cumplido su objetivo, al igual que los blujins y la camisa de la misma tela. Es que El Jefe nos recomendó, desde el primer día, tener una tenida de recambio a mano para lograr un cambio rápido de *identidad* en caso de ser necesario. La misma persona que entrevistó a un escritor en la librería Gandhi de la ciudad de México a mediodía de ese lunes ¿qué objetivo, aun fantasioso o quimérico, podría denotar abordando un avión de Mexicana a las cinco de la tarde con destino a Oaxaca junto al mismo escritor? Cuando El Jefe hizo esta petición, recorrí en mi imaginación todas los aspectos posibles y no bastándome, terminé repantigada toda una mañana en un banco de la Plaza de Armas de Santiago observando a las mujeres pasar para distinguir cuáles eran las apariencias que más se diferenciaban de la mía, tan insípida, hasta que la evidencia me golpeó irónica y abiertamente —como siempre pega la obviedad— y supe de inmediato cuál sería mi camuflaje. Nunca caí en la tentación en que ha incurrido media humanidad: la de usar blujines; me parecen hoscos, incómodos, demasiado uniformes y además cuento a mi favor el que las faldas siempre me han sentado mejor que los pantalones. Para el trabajo suelo vestir trajes formales, sencillos, preferentemente de dos piezas y los zapatos con un poco de tacón. Entonces, envuelta toda en mezclilla, con pesadas zapatillas de gimnasia —así le llamaban en mi tiempo a estos calzados nada estéticos, absurdos y enormes que se destinaban a los deportes, inimaginables para la cotidianidad— acompañadas de gruesos calcetines de algodón como si fuera una saludable atleta, parezco una mala imitación, rellenita la envoltura, un poco rechoncha y nada estilizada, de las miles de mujeres *actuales*. En dos palabras: resulto irreconocible, hasta para mí misma. Y como si esto no bastara, agrego mis gafas oscuras al atuendo y abordo ese avión con una cuota suficiente de desplante que con buena voluntad podría calificar de aplomo.

Es que Santiago Blanco no tendría que haber mentido, y si lo hizo, alguna poderosa razón lo respaldaba; ¿por qué fingir un destino y volar hacia otro? Que el pasaje aéreo no mostrara las palabras *Puerto Escondido* escrito en él me bastó: una rápida lectura al número del vuelo y su hora de despegue me despacharon automáticamente al aeropuerto. Tuve tanto tiempo de ir a la Villa Olímpica como él lo tuvo de llegar hasta su casa en Chimalistac, preparar un pequeño equipaje y aun hablar rápidamente con Hugo —para avisarle mis próximos pasos y pedirle reservas en algún hotel en mi ciudad de destino—. Probablemente él alcanzó a despedirse de su esposa Lupe, también envuelta en la ficción de que su marido vuela a la casa al lado del mar; como lúcidamente no colocó allí teléfono, él se comunicará con ella —oh, aparatos celulares— desde cualquier lugar, Oaxaca por ejemplo, diciéndole que mira las olas del Pacífico y ella no tendrá una sola razón para no creerle.

Ya arriba del avión, sentada cautelosamente al fondo mientras Santiago Blanco reposa despreocupado en la segunda fila, trato de reconstruir trozos importantes de la conversación que sostuvimos esta mañana sobre su novela *La Loba*. Vuelvo y vuelvo sobre un momento determinado, el que, ante mis ojos, actuó como el de su condena final: *Sí, reconozco que tras el personaje existió una persona de carne y hueso, lo que no es inusual en este oficio...* —acompañó la afirmación con la sonrisa encantadora y desesperanzada de quien se siente cercado—... *aunque sólo una mujer puede hacer esa pregunta, ¿no le parece?, y no es necesario ponerlo en la entrevista, basta con que le reconozca que la literatura me permitió recrear una importante historia que mantuve guardada en los pliegues secretos de la memoria, nunca lo suficientemente enterrada.*

A través de las nubes se me aparece una afirmación de C.L. Ávila en la prensa, en una de las primeras entrevistas que dio cuando aún vivía en México. Al referirse a sus hábitos a la hora de escribir, el periodista le pregunta si le habría gustado casarse con un escritor. *No, ¡por favor!, responde ella, las obsesiones se trasmiten, se contagian como se contagia todo, y si la pareja también escribe, se confundirían sus obsesiones con las mías, nos plagiaríamos sin proponérnoslo.*

Pienso en el colibrí.

Aterrizamos en la región de las nubes altas.

Tuve que actuar con presteza, si se hubiese adelantado a la salida del aeropuerto y tomado un taxi sin que yo lograra hacerlo en

forma simultánea, lo hubiera perdido irremediablemente y ese error habría sido imperdonable, anulando todo mi esfuerzo anterior. Si es
cierto, como dice Hugo, que no soy ninguna
experta en guerrillas, sí lo soy en seguimientos y
hasta ahora nunca he fallado en ese rubro. Por
lo tanto, no permití que sucediera y a los quince minutos, su taxi seguido del mío hacían su
entrada al majestuoso centro colonial de la ciudad de Oaxaca. Eran ya pasadas las seis de la
tarde y el invierno no me otorgaría mucho más
tiempo de luz, por lo que agradecí la capacidad
de leer aún los nombres de las calles y así reco-
ger desde los recuerdos la imagen de algunos
barrios. El taxi en que viajaba Santiago Blanco
dobló por la calle Macedonio Alcalá, pasó del
asfalto a un trozo de calle adoquinado, entonces
dobló a la derecha entrando de lleno al barrio
de Xochimilco. Tras una pequeñísima plaza
donde divisé un monolito y una cruz, atisbé el
antiguo acueducto que en sí mismo constituía
una angosta calle, cuyos arcos, convertidos en
casas a lo largo de su acera izquierda, conforma-
ban un mundo de imágenes y espacios casi
irreales. El auto que nos precedía avanzó un par
de cuadras por esa calle, llamada actualmente
Rufino Tamayo según me informó el chofer, y
gracias a que empezó a disminuir la velocidad
casi una cuadra antes de detenerse, pude seguir

los pasos de Santiago Blanco sin riesgo alguno. Casi al finalizar esta original y rarísima arteria, se detuvo frente a una casa situada en la vereda derecha, la entrada estaba en esa misma calle aunque sus enormes muros —que lo escondían todo— continuaran largamente por el costado de la otra calle que le hacía esquina. Antes de que el taxista y yo continuáramos nuestro camino, alcancé a distinguir dos cosas junto a la figura del escritor que se apeaba del auto con ambas manos ocupadas —una de ellas con un maletín liviano y la otra con la misma bolsa de género de la librería Gandhi—: los árboles gigantes y oscuros que se divisaban tras los muros y el color en que éstos estaban pintados bajo sus tejas. Eran enteramente azules.

Sobre las lomas del Fortín, desde la ventana de mi habitación en el hotel, el valle se extiende manso e interminable. En un claro está sentada la ciudad. Es la hora de la tarde en que la luz ablanda los contornos de los cerros y Oaxaca se ilumina de un blanco espeso. La iglesia de Santo Domingo de Guzmán y su convento vigilan. El mercado habrá cerrado ya sus ajetreadas puertas volviendo los indígenas a sus pueblos con la carga sobre sus espaldas, siempre forradas de texturas hiladas por sus manos. Un remanso para sus calles cerradas, para sus casas de paredes lisas que no revelan nada de su vida, escondida la hermosura de sus patios y habitaciones, los portones de madera antigua cerrándose en el secreto de jardines con piedras, fuentes y caminos profundos haciendo invisible la belleza.

Miro los árboles de cúspides frondosas que me cercan: estoy rodeada por selvas húmedas y secas, por bosques tropicales y también espinosos, por montañas y mar. Sin embargo, la apacible extensión del valle y su rugosa superficie me induce a olvidar que aquí crecen implacables los ríos, que la vegetación invade como una enemiga. Quizás con buena voluntad, esta luz me permita, más allá, distinguir Monte Albán.

Es un intermedio en la ciudad, paréntesis y homenaje que brinda el atardecer a su patrona Nuestra Señora de la Soledad, la milagrosa de Oaxaca, quien podrá gracias a ello hacer gala de su nombre. Porque esta placidez dura poco; pronto se encenderán las luces y las calles del centro volverán a repletarse, sus veredas absorbiendo jolgorio, vida, algarabía.

Enérgica y hermosa Oaxaca, la antigua Antequera. Supersticiosa como es, se muestra potente y misteriosa desde esta colina.

Y suponiendo que también Santiago Blanco se sentirá invitado como yo a la noche, una vez cerrados sus cielos desciendo hasta el centro desde la loma y enfilo mis pasos al barrio de Xochimilco, que no es el de las trajineras floridas del Distrito Federal sino —según la leyenda— un vergel donde abundan las azucenas silvestres, cuando las doncellas las recogían como símbolo de su pureza para ofrendarlas a los dioses.

Me reclino contra uno de los arcos del anciano acueducto convertido hoy en casa, y clavando los ojos sobre la puerta entre los muros azules, atiendo. No tengo idea si mi espera será inútil, pero mi objetivo es éste, aunque no me siento muy bienvenida por tanta oscuridad y mi camisa de mezclilla aguanta mal los embates de las ráfagas del viento. Casi una hora ha transcurrido hasta que veo abrirse el portón. Emprendo la retirada de inmediato para esperarlos más adelante, a cuatro o cinco casas de la suya, donde una pileta de piedra y un banco de cemento pintado de rojo adosado a las canteras pardas del acueducto me sirven de asiento; deduzco que éste es un buen lugar donde parapetarse y observarlos. Hablo en plural porque Santiago Blanco no está solo. Camina con placidez, tranquilo y sin prisas, ninguna sospecha abriga de ser el objeto de mi indiscreta mirada. Va acompañado de una mujer. Toda mi capacidad de observación se vuelca hacia ella, y hace que mis instintos más dramatizantes y románticos —vale decir, más femeninos— sospechen de inmediato que se trata de su amante. Caminando al lado del escritor, la figura de la mujer se ve disminuida por el porte y envergadura de su acompañante. Se la nota muy delgada a pesar del amplio traje que la cubre, un largo huipil de coyuche, aquel material tan preciado en esta zona por su color naturalmente café. Sobre su hombro izquierdo cuelga de modo casual un sarape de líneas blancas y castañas. Alcanzo a pensar que, de vestir pantalones, su cabeza podría pasar por la de un muchacho. Esto gracias a su pelo, que además de rubio, es cortísimo como el de un soldado que va a la guerra. No alcanzo a distinguir sus facciones. Por sus gestos, deduzco que la conversación está animada, que tienen cosas que decirse; no es el paseo ensoñado de algunas parejas que guardan silencio atentas a lo que les pueda decir la noche. Tampoco se toman del brazo ni de la mano y pienso que quizás no son, después de todo, amantes. Ella lleva un cigarrillo en su mano, nada más.

Caminan por la acera, al frente de la fuente donde estoy sentada. No reparan en mí, a pesar de ser la única persona que se encuentra en la calle a esta hora. Doblan a la izquierda y continúan el trayecto por la avenida de Macedonio Alcalá, facilitándome el seguimiento por ser esa una calle grande con muchos árboles, autos y gente. Se detienen dos cuadras más adelante al llegar a la iglesia de Santo Domingo de Guzmán, parecen discutir sobre qué camino seguir, hasta que enfilan sus pasos hacia el zócalo. Pero no lo hacen siguiendo la línea recta que los llevaría directo hacia allá, sino van acortando camino por calles adoquinadas y angostas que serpentean hacia la médula de la ciudad. Una vez allí cruzan la plaza que ya a esa hora agrupa el bullicio, alzando sus sones, respirando a pulmón lleno. No veo un solo asiento libre en las terrazas de los restaurantes y cafés. ¿Qué poder mágico irradia este territorio que cautiva imaginaciones entusiastas la noche de un lunes cualquiera del mes de enero? Se detienen frente a un puesto donde un indio viejo y desdentado exhibe su artesanía. Me acerco bastante, puedo hacerlo sin temor porque la exuberancia de la plaza me torna invisible. Sobre la mesa posan orgullosos los alebrijes, muchos de ellos: pájaros danzantes, gatos floreados, burros con alas, diablos hilarantes, todos los que el artesano sostiene que son personas ordinarias que pueden convertirse en animales de noche, bajo una luna llena. Ella sujeta entre sus manos la figura de una sirena de cola azul que sostiene a otra pequeña sirenita en los brazos, pintada de rojo y amarillo, y acaricia la madera. Entonces puedo ver su rostro y aprecio el efecto de unos ojos claros —un par de almendras verdes— sobre una nariz regular y unos labios finos que sonríen relajados a la sirena. Noto que es una mujer joven, no le calculo más de treinta o treinta y cinco años. El escritor la observa mientras busca la billetera en el bolsillo interior de su saco, la encuentra y extrae un billete. Ella devuelve la mirada. Entonces él le sonríe: como cuando la lente de una cámara interrumpe un movimiento para destacarlo, congelo esa sonrisa en mi mente. La ternura con que la acompaña es infinita. Algo en mi corazón se conmueve; ahonda en mí un dejo de autocompasión al recordarme la ausencia. Me admiro preguntándome qué ha hecho esta mujer para merecer una sonrisa como aquella. En respuesta, ella le toca levemente el brazo y él alcanza esa mano, la cubre un instante, la estrecha y luego la deja ir.

Con el alebrije ya en su poder, continúan el camino y sin otra distracción se dirigen directo a donde yo sospechaba que sería su destino: el restaurante vasco, en un extremo de la atestada plaza. Les permito subir a solas, no tengo mucho más que hacer aquí. Y como también yo tengo hambre, me instalo debajo del restaurante vasco, en el Café del Jardín, y pido una torta cubana con una Dos Equis muy helada.

Mientras lucho por retener en el pan de bolillo la inmensidad de ingredientes que lo desbordan, repaso mi asombro: el que no hayan dejado de hablar un instante en el camino. Pero lo han hecho sin ansiedad, sin dar muestras de atropellarse con las palabras, en síntesis, sin apuro. ¿Se sentirán dueños del tiempo?, ¿qué mundo pleno vislumbran frente a ellos? En un momento, mientras caminaban, sentí una risa fuerte y contagiosa delante de mí: era la de ella, que debió detener sus pasos en una esquina para poder reírse a gusto. Me simpatizó esa risa y pensé que probablemente ese sonido hechizaba a Santiago Blanco.

Con el último sorbo de cerveza, encendí un cigarrillo y traté de ordenar mis pensamientos. Sí, Santiago Blanco mentía diciendo que iba a Puerto Escondido por la simple y atávica razón que han mentido casi todos los hombres en la historia: porque tiene otra mujer en Oaxaca y ese es, ni qué decirlo, un dato privado. Quizás mañana efectivamente parta hacia su casa en el mar y se entregue al trabajo, como lo pregona. Pero no es ésta la investigación tras la que ando; no me incumben los amores del escritor, sólo las pistas que puedan acercarme al paradero de C.L. Ávila. Temo que mi impulso fuese desacertado, arrastrándome a un punto ciego en el cual no tenga mayor sentido golpearse la cabeza. Pero en mi cuaderno este viaje ya está anotado con sus objetivos y sus gastos. No más sea para justificarme ante El Jefe, haré el intento de averiguar quién es la mujer rubia y qué relación puede tener con mis interrogantes. Me envalentono pensando que sin duda Pamela Hawthorne habría hecho lo mismo. Mientras espero un taxi en la esquina del zócalo para dirigirme otra vez a la calle Rufino Tamayo, palpo mi solidaridad femenina un poco resentida: hace sólo dos meses ha muerto

—según palabras del escritor— un gran amor y su duelo ha encontrado tan pronto refugio. Tibio será el abrazo de la graciosa güerita de Oaxaca.

La señora es colombiana. No más llevo un mes trabajando con ella.

Desde la protectora distancia de mi cama en el hotel sobre la loma, analizo las palabras de la muchacha que salió al portón cuando, luego de observar libremente su cerradura, toqué el timbre de la casa azul. La cena en el restaurante demoraría veinte veces lo que yo en realizar un trámite tan básico: preguntar por la persona equivocada.

Debí tocar tres veces, como si en ausencia de su patrona, la joven indígena se concediese una adicional pereza. Cuando por fin abrió, pude darme el lujo de introducirme —aunque fuese sólo con los ojos— al parque escondido tras los muros. Divisé al fondo una casa de tamaño regular pero el parque fue lo que me motivó y así lo expresé, causando el placer de la muchacha que por ningún motivo se sintió amenazada —a lo más un poco sorprendida— ante la presencia de alguien como yo.

El jardín se alzaba solitario, altivo y auto-
suficiente. Cada árbol, en un enmarañado y
promiscuo abrazo con su compañero, parecía
vociferarle a la intemperie que el conjunto —el
que todos ellos formaban— se bastaba a sí mismo. Se esparcían desordenadamente por el contorno de la propiedad, evitando con ello un aire
que habría resultado imperial: es un jardín mexicano, pensé, no uno francés. Así, era la naturaleza misma la que recibía a quien se aventura-
se por esos muros, un sorpresivo lugar secreto.

De pie, firme junto al portón, pregunté con
voz segura —apelando a lo que conocía del acento
de este país— por un nombre de mujer extranjero.
Noté la mirada inteligente de la muchacha mientras me decía que allí no vivía esa persona. Insistí
en que era aquella la dirección que obraba en mi
poder, que se trataba de una norteamericana.

—No, aquí no vive ninguna norteamericana. La señora es colombiana...

—¿No se llama Judy?

—No, se llama Lucía. Señora Lucía Reyes.

—Quizás mi amiga se cambió de casa...
¿hace cuánto que viven ustedes aquí?

—Llevo sólo un mes trabajando con la
señora... Y antes, pues, la casa estaba vacía.

—¿Y no será mi amiga una visitante de
esta casa?, ¿por qué si no, habría de darme estas señas?

—No creo... aquí casi no viene nadie, y la señora no habla inglés...

Sonrío condescendiente, a punto de parecer paternalista.

—¿Y cómo sabe usted eso?

—Porque se nos acercó un gringo el otro día en el tianguis, pues, y luego luego le habló a la señora y ella no le entendió...

—Debe usted trabajar mucho para mantener todo esto en orden, ¿verdad? —pregunto paseando ojos admirados al entorno.

—La señora es sola, no da mucho trabajo. Y mi hermano es el cuidador, él se encarga del jardín, conduce el auto, hace el aseo más pesado... —y como si súbitamente cayera en cuenta de que no debe conversar con desconocidos, aunque sea con una compuesta matrona como yo, empieza a cerrar el portón de a poco, me sonríe y se despide de mí, lamentando tanto que no encontrase a mi amiga.

Ya en la cama, luego de arrepentirme de haber tomado un sandwich como cena desaprovechando la rica gastronomía popular tan tradicional en esta zona, comienza el martilleo. Colombiana —vive sola— hace tan sólo un mes —la casa estaba antes vacía— no conduce el auto —hace hincapié en no hablar inglés— el parque... Una persona que vivió los primeros diez años de su vida en el campo difícilmente buscaría como escondite un departamento en un centro urbano de envergadura. Quiero decir que en los tiempos en que nació C.L. Ávila en el sur de Chile, General Cruz, más que un pueblo, era un caserío desparramado por el campo, sus casas pequeños hongos esparcidos por el potrero enredándose en la línea férrea y la calle principal se esforzaría, bordeada por pastos y vacas, en adquirir el nombre de urbano.

Ese parque, dado lo aislado que se encuentra de cuanto lo circunda, cumpliría plenamente con la épica del aire rural y también con la aspiración al silencio. *Un paraíso posible. Un lugar donde evitar el desplome.* ¿Puede una fuga a la misteriosa y vital ciudad de Oaxaca operar ante la tontería que Joseph Roth vislumbraba como remedio para la desgracia? ¿Y cuál fue la fantasía de la niña-mujer, la loba, sino ser dueña de una casa y que ésta fuese pintada de azul? Surge en mí la antigua abogada que soy y ésta me llama a la racionalidad: la rubia colombiana se me introduce inevitable y avasalladora y me lo desbarata todo. Solo vi una vez a C.L. Ávila, varios años atrás, y definitivamente no es ella. Me he empapado de su aspecto estos días y su colorido castaño, su cuerpo robusto y firme y su edad nada tienen que ver con esa mujer frágil y pequeña que compraba un alebrije en la plaza. A pesar de que nada calza algo me atrae poderosamente en esa dirección.

Me asomé al ventanal de mi habitación: la noche era solemne, el aire fresco y restablecedor. Abajo, las luces de la localidad me hacían olvidar quién era y qué hacía. El cansancio que me embargaba despertó en mí una inquietud inusitada: el estar ocupada por C.L. Ávila.

Luego de pocas horas de sueño y de bastante lectura, bajé al lobby muy temprano, bebí un café reparador, hice el *check-out,* tomé un taxi y me dirigí resuelta hacia la calle Macedonio Alcalá donde anoche —entre mis idas y venidas al barrio de Xochimilco— divisé un lugar, un simpático parador que además es *apart hotel.* El conserje aún parecía dormir cuando se encontró con esta madrugadora visitante frente a frente e hizo un visible esfuerzo por despabilarse. Pasadas las fiestas de fin de año no sorprende encontrar un cuarto disponible y su precio, como bien lo intuí, se reducía a menos de la mitad de lo que pagué sobre las lomas del Fortín. Me enterneció recordar la desubicación de mi ex marido cuando hablamos la tarde anterior, al volver de mi primera incursión por la calle del acueducto, señalándome que era aquella la reserva que había hecho para mí. ¿Imaginará que El Jefe paga hoteles de lujo a sus investigadores? Si él hubiese visto el aspecto de los cuartos desaliñados en que he dormido... En fin, ahora pagaré lo que corresponde a alguien como yo que ejerce este trabajo y no otro, además de alojar a dos o tres cuadras de la casa del muro azul.

En efecto, ni cinco minutos tardé desde el parador hasta las casas del acueducto. Tropecé con la pequeña placita, doblé a la derecha luego de leer bajo la cruz que el monolito es un homenaje a San Pedro de la Peña y observé la placa de cerámica en el nacimiento de la calle cuya pintada caligrafía rezaba: *2a Calle de Rufino Tamayo, en 1824: de los Arquitos.* Ningún camino estará tan vacío como las piedras y adoquines de esta calle con nombre de pintor, sólo unos pájaros negros acompañaban a la hora temprana, aunque intuí la tranquilidad y el silencio como obsequios permanentes. Me concentré en la visión de una pequeña fonda a mi derecha pintada en verdes y amarillos brillantes. Aún no resolvía cuál eligiría como puesto de vigilancia cuando me alertó el cascabeleo del motor de un taxi. Lo vi entrar por la calle, frenar de a poco y al fin detenerse frente a los grandes muros. Al instante se abrió el portón y de allí Santiago Blanco respiró a la mañana, con su mismo terno de lino color tabaco y una mano ocupada por el maletín ligero que portaba ayer. Deduje que los libros han terminado su andar en posesión de la mujer rubia —*son de encargo, para una amiga mía*— ya que esta vez no llevaba consigo la bolsa azul de la Gandhi. No me cupo duda que se dirigía al aeropuerto, ¿a dónde más a esa hora?, y caí en cuenta de que no importaba, él ya no era el objeto de mi interés, debía dejarlo ir. Al menos podría deshacerme de este estúpido disfraz y dejar a mi pobre cabeza libre de la presión de la peluca. Lo miré partir dudando de si alguna vez volvería a ser testigo de esa sonrisa amorosa que hizo una rara marca en mí aunque fuese dirigida a otra. Su enorme cabeza grisácea siguió en mis ojos hasta que el taxi desapareció.

Me siento en el banco junto a la pileta de piedra, amiga mía desde las horas de la noche anterior. Comienza un cierto movimiento en la calle, unos albañiles pasan por mi lado conversando en voz baja y me miran, una mujer muy vieja aparece por la puerta verde que se abre desde una de las casitas del acueducto, hablando consigo misma; otra, aún más anciana, camina lentamente con su bolsa de la compra. Me entretengo mirándolos a ellos, luego a la casa azul. Vano mi intento, no hay mirada posible hacia el interior de ella, tampoco desde sus casas vecinas, su privacidad es hermética.

A las nueve y quince vuelve a abrirse por fin el portón, esta vez las puertas grandes, no sólo la pequeña que se abre a las personas. Un auto rojo, un sedán que parece ser un Honda, sale marcha atrás hacia la vereda y al lado veo a la mujer rubia vestida enteramente de blanco —siempre con un huipil— que sostiene dos canastos de mimbre en las manos y mira absorta la maniobra del vehículo. Un hombre está al volante. Aparece entonces la joven indígena de anoche que empieza a cerrar las puertas grandes. Entonces ella la llama, deduzco que le pide que la acompañe, lo que quizás no estaba en sus planes iniciales pues es ella quien porta los canastos. Luego recuerdo que van al mercado juntas por el relato que me hizo anoche del gringo que le habló en inglés. Resulta natural que el hombre las lleve pues es él quién conduce el auto. Me ilumina la ansiedad: dejarán la casa sola y eso es exactamente lo que yo necesito. ¿Cuánto tardarán en la compra?

Cinco minutos más tarde, la puerta pequeña dentro del gran portón se ha abierto dócil ante la sagaz acción de mi poderosa herramienta, el *abrelatas* como le llamé el día que El Jefe me lo obsequió.

A plena luz del día el parque es aún más hermoso por la gama de verdes infinitos que luce. Pero no puedo detenerme en contemplaciones estéticas: avanzo hacia el fondo por el largo camino de piedra que lleva a la casa de estilo colonial mexicano. Lo reafirman la cantidad de cerámicas en el muro y en las escalinatas y la percibo como mexicanísima. La puerta está abierta y entro por ella como si me esperasen. Al mirar hacia el interior, pienso en un óleo sobre tela, en cuadros de una exposición. Me

recibe un largo y fresco corredor de baldosas rojas y también es rojo el espacio de ladrillos que
separa cada viga en el techo. La casa es de una
sola planta y sus piezas enfrentan al parque a
través de ventanales. Como observé anoche, el
tamaño de la casa es regular y enumero las puertas: no hay más de tres habitaciones. Tras el
corredor, apenas detengo los ojos en la sala comedor y tampoco le dedico más de un minuto
a la cocina, admirando fugazmente el aire acogedor que le entrega su estructura cuadrada y
llena de cerámicas amarillas. En el salón, dos
cosas me llaman la atención: desde una pequeña mesa en ángulo, una figura de Nuestra Señora de la Soledad vigila; moldeada en simple ye-
so, no estará allí por razones de valor artístico.
Observo su negro manto con las incrustaciones
doradas y su porte es triangular, como las pri-
mitivas vírgenes cubanas. A diferencia de la de
Guadalupe —símbolo fundador del nacionalis-
mo mexicano, que agrupó a quienes se sumaron
a la lucha por la Independencia—, su aspecto es
caucásico, europeo, una virgen de los conquis-
tadores. Su corona, también negra y dorada,
aunque alta y de contornos majestuosos, no alcanza a arrebatarle su apariencia apacible, sere-
na, la de una buena amiga que consuela. En sus
piadosas manos cuelga un rosario y éste no es
pintado sino real, un pequeño rosario plateado,

me dan ganas de arrancarlo y guardármelo como amuleto. Recuerdo la leyenda, cuando los ciudadanos la sacaban en procesión llevándola desde su basílica a la catedral donde se le pedía al cielo se mostrase propicio y *comunicase a los campos lluvias y benignas influencias*. El segundo elemento en que me detuve fue una botella de mezcal sobre la mesa de centro —rezagada de la noche— y dos vasos parapeteados a su lado como resistentes guardianes, *pequeños vasos cilíndricos, dedales de azul incierto*. Mi fantasía imagina a Lucía Reyes y Santiago Blanco tendidos en aquellos mullidos sillones, quizás entrelazados, bebiéndose el mezcal, los ojos, el cuerpo. Para cualquier mal, mezcal. Para cualquier bien, también.

La pieza principal es mi objetivo. Al centro, la cama está deshecha y una toalla húmeda de color salmón quedó tirada sobre un sillón tapizado en azules claros, la misma tela de la colcha. Es obvio que el aseo no se ha hecho aún y quizás por eso no estaba en los planes de la mujer rubia que la muchacha la acompañara. Son pocos los muebles que la decoran pero no se me escapa el detalle de su armonía. Frente a la cama, las puertas abiertas de un hermoso armario verde con pequeños dibujos pintados a mano muestran en la parte superior un televisor y más abajo un aparato de video con tantas películas guardadas como para pensar que allí vive un inválido imposibilitado de moverse o un fanático del cine. (Si mal no recuerdo, los escritores siempre lo son). Me siento incluida en esta intimidad al divisar a la sirena de madera con su pequeña sirenita en brazos sobre el velador junto a la cama, al lado de un vaso de agua que no se bebió y de un libro con una página señalizada por un marcador. Me acerco y lo tomo, Lucía Reyes lee a Tolstoi: *La novela del matrimonio*.

Mi concentración y premura se ven súbitamente interrumpidos: es el crujir de una puerta. Trago saliva y detengo la respiración. Gajes del oficio, diría sardónico El Jefe. Sea como sea, elijo el mueble verde del televisor y me escondo contra su espalda. Agazapada, todos mis sentidos se concentran en el oído. Es el viento, me digo, ya que no hay pisadas que acompañen el crujido. Me pregunto qué es más inquietante: el silencio rotundo de hace un momento o este nuevo rechinar. Hasta que cesa.

Con el cuerpo dolido por el estado de tensión, continúo mi búsqueda. Debo continuar.

Hacia la izquierda encuentro abierta la puerta del vestidor y lo reviso con sumo interés. No me toma mucho tiempo pues su ocupación es ligera. De la hilera de cajones adosados contra la pared, sólo los dos primeros están ocupados con ropa interior, el resto está vacío. Un mínimo de respeto hacia su dueña me hace cerrarlos sin registrar dentro de ellos. Diviso una gran maleta guardada en un costado de la habitación y sólo algunos de los colgadores de madera contienen ropa: túnicas, huipiles, largas polleras como las que usan las indígenas, rebozos, sarapes. Los bordados atraen mi vista por sus ricos y vivos coloridos recordándome el plumaje de un pájaro privilegiado. En un rincón del vestidor tres solitarios colgadores con ropa occidental parecen estar de visita. Los examino. El primero es un pesado y largo abrigo negro con un cuello suave imitando la piel de algún animal salvaje. Basta mirarlo un instante para reparar en el poco uso que ha debido ostentar, parece tan fuera de lugar allí. Me hace pensar en fríos muy crudos, como si nuestra amiga rubia hubiese debido cruzar las estepas rusas. Pero al introducir mi mano al bolsillo derecho —el izquierdo estaba vacío— y encontrar allí una arrugada boleta del *Duty free* del Aeropuerto Kennedy, recordé que también Nueva York puede ser muy helado en ciertos momentos del año. Luego examino los dos trajes restantes, son de lana delgada, chaqueta y pantalón de una marca cualquiera. Uno es negro y el otro color beige. Con los zapatos es igual, entre las sandalias y las alpargatas aparecen unos de tacón color beige y un par de botas de cuero negro.

También parecen visitantes ahí dentro, lo que sugiere que ha debido vestirse como Dios manda en algún momento, obligada quizás, antes de llegar a este lugar. No se podría acusar a la propietaria de ser una consumista.

Avanzo hacia su baño, todo de cerámica color terracota, madera y murallas ocres, el lavatorio pintado a mano, precisamente del que yo quisiera ser dueña. Tratando de ignorar la tina sibarítica que baja del nivel del suelo con preciosos peldaños en azulejos de los mismos colores ocre y terracota, me detengo en el botiquín. Un perfume y un par de cremas de buena marca es todo lo que insinúa la presencia de una mujer. Nada más. Como base del lavatorio, el clásico mueble de dos puertas de madera parece llamarme. Veo dentro de él un secador de pelo —¿para qué uso?, me pregunto pensando en esos pocos centímetros de cabello— un estuche de viaje y una caja. Tomo el estuche, es de tela negra y roja, *hogar en miniatura para sus cremas y adminículos de baño,* que guarda descuidadamente algunos frasquitos, un jabón y un *shampoo* del Hotel Intercontinental, una gorra para la ducha y unos fósforos del Sheraton, un pequeño costurero del Marriott. La caja de madera a su lado es labrada en azul y negro, el típico dibujo de Olinalá, y mi intuición me dice que allí guardará los remedios. Efectivamente, un frasco grande blanco y rojo de Tylenol —típicamente norteamericano— sobresale al resto, otro de antioxidantes Centrum me hace pensar que es muy preventiva a los treinta y cinco años. No encuentro condones ni píldoras anticonceptivas ni extrañas jaleas, sólo virginales aspirinas, buscapinas y algunas cápsulas de hierba.

A punto de abandonar el baño, me acomete un impulso incontrolable: tomo la botella de perfume y activo su *spray* contra los lóbulos de mis orejas y mi cuello. En un instante, me siento impregnada del aroma que llevará Lucía Reyes en el cuerpo, el mismo olor.

Ya perfumada, salgo rápido del baño y abro el cajón de su velador, violándolo, consciente de la furia que me acometería si alguien lo hiciera con mi propio mueble al lado de la cama. Entonces mis ojos se abren dos veces y no una ante una pequeña caja de cartón azul y blanco de pastillas inductoras del sueño. Esto la humaniza ante mi mirada pues no existe mujer alguna que tenga el sueño asegurado a partir de un cierto momento de la vida, ni siquiera ésta, cuyo entorno demuestra tan altos niveles de autocontención. Lo que ha llamado mi atención ha sido la procedencia de aquella medicina: el inconfundible logotipo del Formulario Nacional de Chile, exacto al de las cajitas que reposan en mi propio estuche a tres cuadras de aquí en el baño de la pieza de mi hotel.

Las otras dos puertas corresponden a un dormitorio y a un pequeño estudio. No hay más. Entro al dormitorio y se presenta —para mi desconcierto— una única cama, también desecha. No tengo dudas de que la sirvienta duerme adelante, en la casa del cuidador al lado del portón. Por lo tanto, en esta cama durmió Santiago Blanco. Me lo confirma el baño que da a la habitación, pues veo sobre la cubierta del lavatorio una rasuradora desechable y un frasco de crema de afeitar que, por sus huellas al tacto de mis manos, presumo que ha sido recién usado. Esos elementos masculinos serán parte de la infraestructura permanente del baño si no partieron en la maleta de Santiago Blanco. ¿Por qué habría de guardarlos ella?

Me apuro a la única pieza que resta: el estudio. Calculo que de haber tenido Lucía Reyes dos hijos —como yo— este espacio actuaría como otro dormitorio más y tal lujo se le habría desvanecido. A pesar de la prisa con que actúo, siempre hay tiempo para que la envidia venga a acometerme: es un espacio tan acogedor, enteramente rodeado por estantes de madera cuya mitad están vacíos como si se preparasen para ser llenados de a poco; conviviendo en él libros, un equipo de música y tantos discos como en el dormitorio hay videos. Pienso que no se da una mala vida la mujer rubia y que

su evidente soledad está perfectamente orna-
mentada. Al centro parece rugir una pesada mesa de trabajo, sus patas duras y firmes como las
esculpirían en la estatua de un tigre o de un
león. Sobre ella, un computador portátil está
encendido, conectado a una impresora, y muchos papeles repartidos en desorden dan la inmediata impresión de trabajo. (Como si mientras ella escribe, la muerte le estuviese dando un
plazo). Nada es tan fácil de comprobar al entrar
a una habitación que cumple las veces de estudio como si su uso es aparente y formal, o si de
verdad se lleva a cabo una actividad en el lugar.

En la pantalla encendida leo: *Pueblos oaxaqueños y sus sonidos: Teotitlán del Valle, Ixtlán,
Tuxtepec, Tejupan, Coixtlahuaca, Suchixtlahua-
ca, Tepelmeme, Tamazulapán.*

Me pregunto si ello corresponde a una
persona que se dedica a la música o si es una escritora que escribe una novela sobre Oaxaca.
Un grueso diccionario en español ha quedado
abierto en la letra F sobre una butaca cercana.
La bolsa de género azul de la Gandhi descansa
por fin a los pies de la mesa. Reviso los libros,
los papeles, y no me sorprende encontrar entre
ellos un ejemplar de *La Loba,* ninguna de las
novelas de C.L. Ávila y demasiadas ediciones
norteamericanas de tapa dura —algunas aún
con la boleta de compra adentro, Barnes and

Noble en la ciudad de Nueva York— para una colombiana que no habla inglés.

No encuentro un baúl, una caja o el cajón de un mueble donde guarde papeles personales, cartas, recuerdos. ¿Es que no lo hay o ha escapado certeramente de mi inspección? Luego lo pienso dos veces: no vale la pena conservar nada. El pasado es sólo lo que hoy queda de él —aunque subjetivo y mentiroso—, no los verdaderos hechos sino lo que el corazón siente como cierto luego de la labor del tiempo en su trabajo de decantarlos. La verdad literal no sirve para nada. Sea quién sea, admiro su desapego. ¡Cómo quisiera acceder yo a ese estadio! Pero con la certeza de que me sería imposible, suelto la idea como a un pañuelo que ya ha sido usado.

En toda la casa no vi una sola fotografía.

En la intersección de las calles Rufino Tamayo y García Vigil se encuentra una enorme casa de artesanías populares del Estado de Oaxaca cuya gran variedad de cuartos y exhibiciones ayudaron a distraerme mientras le daba tiempo a Lucía Reyes para regresar del mercado. Por ser la única visitante a esas horas, me instalé al lado de la caja a conversar con el dependiente manteniendo el ojo alerta sobre el posible regreso del Honda rojo. He comprado, también yo, un pequeño alebrije —un lobo rayado como un gato con blancos bigotes y rojos dientes amenazantes— para que de noche se coma mis malos sueños. Así justifiqué mi presencia en el lugar.

Si lo que me relata el dependiente es efectivo, la casa de muro azul fue siempre roja hasta el día en que llegaron una tropa de albañiles, hace cuatro meses, y la pintaron. La casa estuvo en venta desde la época de la crisis pero —detalle muy mexicano— sin precio de crisis, por lo que nadie la compraba. Llegó una extranjera, sí, una colombiana con facha de gringa que le ha quitado todo poder a su pelo —¿para dárselo a otras zonas de sí misma?— y pagó por lo que ella necesitaba, haciendo caso omiso a las leyes del mercado. El parque da al lugar tal marco que comprensiblemente genera expectativas de encontrar dentro de él un castillo y no una casa de tres habitaciones, quizás por eso ninguno de los ricos convencionales tuvo la tentación de comprarla. El dependiente, encantador y tan cortés, se aventura en el lugar de la mujer rubia pensando que en su situación él habría actuado como ella porque el dinero no vale en sí mismo sino por lo que puede proporcionar en un determinado momento de necesidad. La rubia le contó a él —sí, es muy amable, viene de vez en cuando a mirar los productos de la tienda y socializa como buena vecina— que su intención era vivir aquí para siempre, que no actuaba con criterios de inversión.

Aunque la casa fue comprada hace cuatro meses, ella la ocupó hace sólo un mes, luego de encargar a un contratista la remodelación necesaria. Un señor alto, de pelo gris, venía de tanto en tanto a controlar el trabajo. No puedo ignorar la dosis de planificación e inteligencia que se esconde tras la decisión de instalarse allí.

Uno de los temores que me produce envejecer es la idea de que no seré capaz de procurarme el placer al que tanto he aspirado para el momento en que deje de trabajar. Y mirando hacia el espacio que esta enigmática mujer ha creado para sí misma, cortando como opción con toda una vida para buscar otra que la contente, pienso que ella si es capaz de procurarse ese placer, por lo tanto, está salvada. El parque, esos árboles enormes que lo presiden y a la vez lo cierran hacia cualquier intromisión del exterior, el silencio, la piscina poderosamente azul, las flores coloridas, la terraza de cerámica con sus muebles de fierro color verde, la hamaca que cuelga holgazana entre dos troncos y el pedazo inmenso de cielo que todo lo circunda, me reafirman esta idea. La casa misma —por su tamaño— resulta abarcable, acogedora y amable. La del cuidador, a su vez, está situada a la entrada, a la distancia justa: ni muy cerca para sentirse invadida ni muy lejos para no sentirse sola. Si su deseo es arrancarse, ¿por qué no compró una finca cafetalera en la Sierra Madre del Sur, por ejemplo? Ella necesita la ciudad: la calle, los mestizos, los templos y mercados, los pueblos y catedrales, los restaurantes y las tiendas. A pesar de sí misma es gregaria y así me lo demostró minutos más tarde.

Hasta la calle 5 de Mayo he perseguido a la rubia colombiana, quien a los quince minutos de volver del mercado, volvió a salir de su casa y caminó sin prisa hasta el centro, instalándose en un pequeño y hermoso café donde todo pareciera estar relacionado con el color y la textura del producto que ofrece. El olor es delicioso. Sólo cuenta con dos pequeñas mesas en la parte delantera del local, hacia la calle, con diminutos pisos donde ella ya ha tomado asiento. Decido tardar unos instantes mirando vestidos en la tienda de al lado y, cuando lo considero prudente, entro y ocupo la única mesa disponible, muy cerca de ella, en el momento en que le traen una taza de café expreso. Disimulando mi acento chileno, pido un capuchino frío con chocolate y me dispongo a observar: ella ha sacado un libro de su cartera —un bolso informe de hilo trenzado color arena— y lo abre tranquila en la página marcada. No necesito de la astucia para reconocer la novela de Tolstoi que reposaba en el velador. Cuando se disponía a prender un cigarrillo, la interrumpe una mujer que en ese momento pasa por la acera y que al divisarla se ha detenido. Es alta, de pelo canoso y largo, la piel muy tostada y viste una larga falda floreada bajo una camisa masculina. Parece, como todas las que estamos allí, extranjera.

—Hola, Lucía —saluda con una sonrisa tan acogedora que me dieron ganas de ser su amiga.

La rubia de Oaxaca se sobresalta. Ella no miraba hacia la calle y no esperaba que alguien le dirigiese la palabra, sumida como estaba en la lectura.

—Hola, Fiorella —devuelve la sonrisa, otorgándole a su rostro un aspecto encantador, y pienso que sin ser bella dentro de los estándares más clásicos, nadie la descartaría como una fisonomía atractiva.

La mencionada Fiorella le dice en español —con un marcado acento italiano— que va apurada pero que cuando vaya a su taller a leerse el tarot, le dará más detalles sobre la expedición a la sierra mazateca. Se refiere a hongos alucinógenos, a los hoguitos, los niñitos que brotan, al nombre de María Sabina y al de su hija. Lucía la escucha atenta, se lo agradece, asegurándole que una de estas tardes visitará su taller. Mientras las miro, pienso que probablemente ninguna aceptará nunca más que un hombre les hable en aquel tono neutro y pasivo que todas conocemos: el tono aburridamente matrimonial. El pintor chileno Roberto Matta tituló un cuadro suyo: *El levantamiento del océano de uno mismo.* Pienso, entonces, que es aquello lo que hacen estas dos mujeres poderosas. Empleo toda mi capacidad auditiva para desentrañar el acento con que habla Lucía Reyes, pero me siento incapaz de distinguirlo bien, como si toda forma de pronunciación en el continente se me confundiera inmediatamente cruzando las fronteras del cono sur. Deduzco que se asemeja al habla mexicana y caigo en cuenta de que su voz, la que escucho por vez primera, no me resuena como desconocida. Es una voz ronca.

La italiana se aleja y ella vuelve a su libro luego de posar por un minuto una mirada lejana, muy lejana, sobre la mañana azulada. Ambas escuchamos a las campanas de tantas iglesias anunciarse furiosas. ¿A qué mundo pertenece? ¿Qué tenaz voluntad imprime a sus huellas? Me admira, eso sí, que una extranjera con sólo un mes en la ciudad hubiese ya entablado relaciones con personas que, como ella, han decidido hacer de Oaxaca su hogar.

Aprovechando su concentración en *La novela del matrimonio,* clavo mis ojos —sin reservas— sobre su rostro y su figura. Me siento poderosa al sospechar que todo su futuro está en mis manos. Me desborda una emoción perversa. Pero también otros impulsos dominan mi pensar, como las ganas de acercarme y preguntarle: si eres tú, si aún vives, dime: ¿cuáles son tus propios instintos y tus deseos?, ¿no pasarás tristezas los domingos en la tarde o los días de lluvia?, ¿estás segura de lo que has hecho o quieres volver atrás? Porque no existe nadie, por inteligente que sea, que en algún momento de su vida no haya hecho algo absolutamente idiota. ¡Aún puedes arrepentirte!

Avergonzada de la esterilidad de los paseos de mi mente y temerosa de que se me produzca la migración de toda idea, resuelvo volverme práctica: en ese terreno estoy a salvo. Entonces medito sobre la gama de posibilidades de cambio en la apariencia de una mujer: el pelo lo doy por descontado ya que un largo cabello crespo y castaño no toma más de unos minutos en transformarse en una mínima cabellera rubia, es sólo cuestión de tinturas y tijeras. Los ojos pueden cambiar de color con lentes de contacto, eso lo sé. Una estricta dieta —de aquellas que abundan en clínicas norteamericanas para quien pueda pagarlas— permite al cuerpo bajar diez kilos en dos meses y si éste no estaba anteriormente excedido en el peso, esos mismos kilos convierten a una mujer medianamente robusta en una criatura de aspecto frágil, arrebatándole una buena porción de presencia física. Una cirugía plástica de las que se practican hoy —breves, algunas incluso ambulatorias— puede borrar diez años de la apariencia sin mayores trastornos y puede suavizar rasgos angulosos si alguna vez se tuvieron. Todo ello es factible y de rápida ejecución. Sólo se necesita dinero y voluntad. Pero algunos elementos no poseen la calidad de ser intervenidos. La voz, por ejemplo, ¿cómo cambiarla?

En un momento dado, me levanté de mi mesa y acercándome a la de ella con un cigarrillo en la mano, le pedí fuego. No sé por qué lo hice, quizás sólo necesitaba que ella acreditara mi presencia, que por una vez me viera, supiera que yo existía. Levantó la mirada de su libro al escuchar mi voz y aún hoy me duelen en mi rostro escrutador esos ojos determinados de almendra, esa visión confiada, prima hermana de la esperanza. Eran ojos rasgados de un verde claro como el agua de ciertos lagos del sur de Chile que expresaban una sustancia tranquilamente seria, un estar aquí y en ningún otro lugar del mundo, lo que calificaba como una mirada iluminada y segura. No eran ojos ausentes o casuales o distraídos o cuyas pupilas jugasen con planos diferentes de la realidad. Su ropa tan rotunda en su blancura parecía hacerle juego, no en la literalidad de los colores sino en lo que ellos reflejaban.

—Oh, sí, de inmediato —me dice con una sonrisa liviana en los labios mientras abre su bolso para buscar el encendedor y yo me pregunto si siempre respondió con esa amabilidad o si la cortesía mexicana se le está adhiriendo.

Ella sigue sentada en su pequeño piso mientras yo me paro a su lado. Inclino el cuerpo y la cabeza hacia su mano para alcanzar la llama de fuego que ella produce del pequeño encendedor y al tener la muñeca vuelta hacia mí, como si me la mostrara, veo dos marcas, tenues y diseminadas, pero siempre marcas. Se

me aprieta el estómago: sé lo que ellas signifi-
can, dramáticamente inconfundibles.

—Tenga —me dice.

Nos sonreímos una a la otra al darle yo
las gracias y percibo una vez más ese dejo grácil
y bailarín que brilla en sus pupilas. Vuelvo a
sentarme a mi mesa, levemente confundida.
Como si la interrupción de la que fue objeto la
hubiese despertado, ella mira la hora en su reloj
pulsera y no retoma su libro sino decide que ya
es tiempo de partir. Observo que el reloj es el
único ornamento que lleva, fuera anillos, aros,
collares o pulseras. Se levanta, paga su consumo
y al abandonar el café, me brinda una ligera
sonrisa de despedida que yo le respondo.

Me acuerdo entonces de la hermosa y
pesada cruz de plata que colgaba del cuello de
Jill la primera vez que la viera. Se la había regalado Carmen. La cruz de Yálalag, me dijo, es de
Oaxaca.

Infructuoso resulta mi intento de comunicarme con el último país del continente, como si las líneas telefónicas se opusieran a un cierto sonido final, evitando que sus estelas rozasen o alcanzaran a los tranquilos habitantes de este valle. Al menos pude hablar a ciudad de México sin dificultades. ¡Cómo quisiera apropiarme de la eficiencia cómplice de Hugo a la hora de una futura investigación! No tardó más que un par de horas en conseguir la información que le pidiera anoche. Su amigo, el funcionario de la Embajada de Chile en México, se contactó con otro, amigo a su vez y funcionario de la embajada de Colombia, quien luego de documentarse anunció lo que yo sospechaba: Lucía Reyes no aparece registrada como cuidadana colombiana residente en México. No existe ese nombre en sus listados.

Sentada a la mesa de la espaciosa cocina que forma parte de mi cuarto en el *apart hotel*, con el ajado cuaderno de notas al frente, miro hacia la muralla y mi mirada es ciega.

Al abandonar el café de la calle 5 de Mayo al mediodía, luego de comprar un Tylenol para mi permanente dolor de cabeza en la Farmacia de Dios —así se llamaba el lugar— debí buscar albergue para los remolinos de mis pensamientos y encaminé mis pasos hacia la basílica de la Soledad, pensando que Nuestra Señora —tan cómoda entre los vidrios y columnas que la rodean, accesible su hogar desde la explanada del atrio y protegida por la roca, cantera pura de tenue verde y amarillo— ya ha atestiguado la concentración de los misterios eternos de las mujeres, de su carne y sangre, de sus anhelos y desamparos. Y con sencillez divina ha debido acoger los diferentes sufrimientos que cada una ha recorrido para alcanzar lo que todas acunamos: el camino a casa.

Abandoné la iglesia segura de que la virgen de negro y dorado me ha escuchado. Me parece acertado que la patrona de Oaxaca sea una mujer, una madre, y no el hijo ni el padre que nunca sabrán de consuelos como ella. En el siglo XVI los religiosos no utilizaron la imagen del Cristo crucificado para los indígenas debido a que no querían difundir la idea de un dios vencido. Más tarde se popularizó en la población nativa de Oaxaca porque los Cristos fueron integrados en el culto a la muerte de antiquísimos orígenes propios. Suerte la de la

Iglesia Católica, lograr ese sincretismo. Pero no me cabe duda de que con la imagen de Nuestra Señora no enfrentaron tales problemas.

La basílica está situada en el lugar más encantador de la ciudad. Sus dos torres gemelas con sus idénticas cúpulas miran hacia el patio frente al atrio donde el espacio, entre frondosos laureles de la India, se ha convertido en una gran heladería. Al frente los lienzos que cuelgan de las ventanas de la Universidad Benito Juárez sugieren alguna nueva huelga. A su lado, majestuoso, se alza el Ayuntamiento.

Caminé por la plaza, por ese patio, nevería, jardín de las delicias y me llegaron tantos nombres de sabores precisos que pensé que aquí las palabras no se han gastado: guanábana, mamey, chicozapote, beso oaxaqueño, beso de ángel, tamarindo, pétalo de rosa. Fue este último el que me resultó más tentador y al probar el helado, comprobé que su nombre no era una metáfora: me lo comí pétalo a pétalo.

Apisonando los adoquines de una pequeña y antigua calle vecina, levanté los ojos y pensé que esa simple acción era tan solemne o hermosa como un sacramento. Un alambre cruzaba dos de sus casas por el aire y allí vi ropa colgada; este baile de telas blancas ondulando al vaivén de la brisa humanizaban el paisaje y me permitían recordar que no pisaba ninguna tierra de Dios. A lo lejos, llegó el silbido del afilador de cuchillos, aquel que de tanto oírlo a través del tiempo ya no se escucha; pero en toda ciudad habitada por gentes que todavía son hombres y mujeres se afilan aún los cuchillos, no se ignora su silbido.

Y porque la temporada es seca, porque el sol convierte las calles en agua quemada, en espejos humeantes, pedí a la lluvia que viniera, que sus largas filigranas de plata me lavasen a mí y a ellas.

Cuando, vencida por el hambre, comí sola en los comedores populares del mercado detrás de la basílica, y las trenzas blancas, mórbidas y maceradas del queso de Oaxaca sobre el platillo de barro verde fueron víctimas de mi avidez, la animación y el barullo que cercaban el mercado me obligaron a dejar de lado la racionalidad y así encarar el minucioso trabajo de incubación que se gestaba en mis emociones.

Soy Rosa Alvallay, tengo cincuenta y cuatro años, nací en la zona central de Chile entre ese ignoto sector medio de la ciudad de San Fernando, me crié en un hogar donde nadie aspiró a nada desesperadamente, no poseo algo extraordinario, vivo la hora menguada de mi vitalidad —como reza el español antiguo por las horas que están próximas a acabarse— y mis tristezas transpiran bajo una mirada que he vuelto compasiva. Nunca me he rodeado de lo glamoroso en ninguna de sus formas. Ya es tarde para que un hombre hable de mi cuerpo *como el espacio de la miel, dulce y caliente,* o que me susurre *alma mía, ángel mío* como lo hizo Santiago Blanco en su novela, describiendo a C.L. Ávila. No soy escritora. No he desaparecido. Y nadie me dedicará un libro como lo hizo él con el ejemplar de *La Loba* que revisé esta mañana en la casa azul: *Para Lucía, mi pedazo de tierra que ha juntado por fin sus dos orillas.*

Yo he tenido y tendré sólo una orilla.

Me levanto de la mesa de la cocina y vuelvo a intentar la llamada a Chile. Todo tiempo previo a esa llamada es inútil, apto para desvaríos, ya que solamente en el ocio el pensamiento toma forma.

Si es ella, medito, C.L. Ávila no ha renunciado a la escritura. (Como si mientras ella escribe, la muerte le estuviese dando un plazo). Pude deducirlo al leer la primera de las hojas impresas que descansaban al lado de su computador. Pues, además de atisbar *Capítulo Cuarto* sobre la parte superior de la página, afirmo que el lenguaje de la ficción es inconfundible. Quizás murió la novela negra, murió Pamela Hawthorne, murió C.L. Ávila, pero no así las ansias de inventar historias y contarlas. En ese momento, agazapada en el estudio de la casa azul, sentí espontáneamente un enorme alivio al constatarlo y buscando más tarde su razón, concluí que todo este gran delirio adquiría sentido gracias a sus dones, porque estoy convencida de que su exilio demente no se sostiene si no va acompañado por una férrea y solitaria vocación. El privilegio del escritor es que su oficio puede continuar con absoluta prescindencia del mundo exterior y de sus semejantes, característica que se arrogan pocos quehaceres en esta tierra. Y una punzada de envidia —otra más— viene a sumarse a la larga lista acumulada.

Mientras espero a que la operadora me dé por fin línea, me hago mil preguntas, desde las metafísicas hasta las más domésticas.

Si no es ella, por qué, dénme una sola razón para que una mujer colombiana que habita en México guarde en su velador una caja de medicinas chilenas. El logotipo del Formulario Nacional de Chile no ha desaparecido un instante de mis ojos, golpeándome insistentemente.

Si es ella, y ha renunciado a cuanto poseía, entre ello a los futuros derechos de autor de sus cinco novelas y todas sus traducciones, me pregunto cuánto dinero le queda de todo el que retiró en Miami, ¿habrá abierto una nueva cuenta a nombre de Lucía Reyes? Dudo sobre cómo pensará publicar lo que ahora escribe, en cuánto le comprarán una novela si ya no va firmada por su nombre y caigo en cuenta de que Santiago Blanco es un elemento crucial: entre ambos ya lo habrán planificado.

Estos días me han permitido reflexionar largamente sobre un tema al que mi educación estrecha y sexista evitó que le diese la debida importancia: el dinero. He observado que la relación de las mujeres con aquel vital elemento es oscura, solapada, negadora. Como si nunca terminara de asumirse. Si hoy yo quisiese cambiar mi vida radicalmente no tendría la más mínima posibilidad de llevarlo a cabo. Pero si tuviese los medios... ¿qué libertad me otorgaría? Pienso en C.L. Ávila saliendo de su casa esa madrugada de noviembre a tomar su avión con un pequeño equipaje adecuado para cinco días. Dejándolo *todo* atrás. Aparentemente, ella sabía que no volvería, que empezaría su vida otra vez desde la nada. Imagino el lujo extravagante que significa abandonar una casa y lo que contiene para recomenzar: eso significa comprarlo *todo* otra vez, desde un sartén hasta un par de calzones. (Aunque en el caso de C.L. Ávila signifique reducirlo hasta no ocupar más de cuatro colgadores).

Una de mis amigas más cercanas juega cada semana a la lotería, con el irrebatible convencimiento de que en cualquier momento ganará el número mayor. Cuando esto suceda, cumpliremos con el siguiente sueño: volar en primera clase a Nueva York —ciudad que ninguna conoce— hospedarnos en el Hotel Plaza —mítico a nuestros ojos— y no acarrear más que un *necesaire:* prohibido el equipaje. Entonces, recorreremos la Quinta Avenida y nos compraremos todo, *todo* lo que es y no es necesario, desde un par de medias hasta un vestido de noche que jamás usaremos.

Pienso que lo que ha hecho C.L. Ávila no se distancia tanto de nuestra fantasía.

Y el último pensamiento que me asalta antes de lograr la comunicación con Chile se refiere a la rabia. Los que rodearon a C.L. Ávila desestimaron un elemento tan crucial. Si llegaron a pensar que ella se había sometido, no leyeron a tiempo las diferentes y variadas expresiones que puede tener la rabia. Porque se necesita una buena dosis de ella para entrar en acción. Ningún rediseño nace de la pasividad. Los actos límites nunca se cometen a partir de la ensoñación o el simple aburrimiento. En buenas cuentas, si Ana María Rojas pensó que la pasión había abandonado a C.L. Ávila se equivocó medio a medio y no supo calcular cómo la guardó ella, la postergó para verterla más tarde en algo que le valiera la pena, algo estruendosamente total. Optó por darle las espaldas a toda gloria porque eligió el silencio al ruido. Y como los mortales que lo aman deben esperar a la noche, la hora en que el mundo no tiene otra alternativa sino la de sumirse en él, ella decidió convertir su vida en una larga noche, en un eterno pasar arropada en la densidad del silencio.

Repensándolo, la noche conjura a una oscuridad determinada que resulta ajena a mis impresiones. Quisiera ser rigurosa: la soledad es como una luz sin sol. Consumido éste, le queda la pureza.

Debí analizar por adelantado los probables sentimientos de Tomás Rojas para combatirlos. Porque si algo caracteriza a los que rodean a C.L. Ávila es la negación y el encubrimiento. Y ahora, en el instante clave de la última pregunta, ambos me resultan superfluos.

—Usted debe perdonarme una vez más, Rector, pero la pregunta es crucial: ¿trató alguna vez Carmen de quitarse la vida?

—No sé qué está haciendo usted con la investigación, Rosa... sus preguntas no se compadecen con la resolución de este caso.

—Contaba con que me diría algo por el estilo. Pero estoy a miles de kilómetros de usted, Rector, y me sería imposible explicárselo.

—Ya me explicará cuando vuelva. Por ahora, yo le pediría que se atuviera a lo que se le solicitó —el tono de su voz no deja lugar a dudas, la molestia lo impregna y en él una simple molestia puede transformarse en algo temible.

—Por cierto, quisiera saber cuándo piensa hacerlo, me refiero a volver —es una dura roca de contornos ásperos y severos.

—Un poco de indulgencia, Rector, por favor.

—No cuente con ella.

El tono lo define todo, expresó C.L. Ávila a la prensa en alguna de sus muchas entrevistas, *una frase en sí, sin escuchar su propósito, es nada. Es una oración con sujeto, predicado y cero intencionalidad. La carga viene en el tono. Te quiero: así dicho, ¿qué encierra? Te quiero festivo, te quiero dramático, te quiero casual, te quiero intenso, te quiero erótico.*

Me pregunto cómo reaccionaría C.L. Ávila a su rudeza. Ella, la virtual dueña de la sonrisa afable. Y concluyo que para la subsistencia de los hombres autoritarios se requiere inevitablemente de mujeres sumisas que aporten su propio juego al permitírselo. Hasta el día en que se van.

—Tengo el dato, Rector, de una mujer que trabaja por su propia voluntad con los guerrilleros y cuya única característica irreversible son unas cicatrices en las muñecas... ¿le apetece que le entregue más información a través de la línea telefónica intercontinental? —el silencio llega a hacer ruido, tan absoluto es—. Usted no está siendo leal conmigo, señor Rojas. Le pedí encarecidamente el primer día que me diera las señas de Carmen Lewis, le rogué que recordara cada marca que pudiese llevar en el cuerpo. Es evidente que al cambiar de identidad cualquier persona cambiará también su apariencia, ¿se acuerda que hablamos de ello, Rector? Y usted me juró que no había nada... Dígame, ¿desea usted de veras que la encontremos o encargó esta investigación para acallar su conciencia?

—¿De qué necesitaría acallarla, si puede usted decírmelo?

—De nada específico, supongo, pero dudo que ella, su conciencia, quiero decir, le perdonara no hacer un intento. La culpa es un motor esencial, Rector...

—Me está agrediendo, señora Alvallay.

—Hace un momento me llamaba Rosa. Vamos, no discutamos, si después de todo, somos del mismo bando... ¿Quiere usted que investigue a la mujer que mencioné o no? No quiero perder ni su dinero ni mi tiempo.

—Sí, investíguela.

Corté la comunicación dejando una vez más el teléfono húmedo. *Sí, investíguela.* La cualidad que me rodeó fue gruesa, sustancial y radical, como debe ser la de un momento sagrado y éste me cubrió como un manto. Había terminado mi investigación. Me entregaron un caso dificilísimo, encontré a C.L. Ávila, lo resolví con más éxito del que nadie esperaba. Sin embargo, no logré ahondar en mi corazón la sensación de triunfo que ameritaba.

El reloj marcaba las cuatro de la tarde y mi cerebro funcionaba a toda máquina, sin desperfectos en su elaborado engranaje. Debía llamar a Hugo, decirle algo corto pero fiel: que se comunique con Tonatiuh, que le diga que no se agite, que ya no importa.

Y luego debía conseguir el número del teléfono celular de Santiago Blanco. Esto significaría más trabajo pero no me cupo duda que la autoridad que emanaba de mi propio convencimiento tendría el poder de conmover u obligar a su secretaria. Hechas estas dos cosas, volvería a empacar sin haber dormido una noche en mi *apart hotel,* abandonaría el parador, la ciudad y a la rubia de la casa azul.

Arrendaría un auto y partiría de inmediato a Puerto Escondido.

Sólo allí habría concluido mi investigación.

Ninguna vida es posible sin alguien que la atestigüe, me dijo Santiago Blanco. El elegido fue él.

La libertad célibe. Esa ha sido la opción de C.L. Ávila.

Toda historia de amor acaba siendo dos historias y sólo he accedido a una de ellas. Debo conformarme con esta versión, aunque en mi interior me pregunte cómo sería la otra. Santiago Blanco y la interrupción del romance, ¿tregua necesaria? Quizás algún día se retomará, cuando el cuerpo duela y antes de secarse pida una vez más lo que amó.

Mi inminente y último entrevistado se volvía contra sí mismo, probando de esta manera que el amor —por citar al autor favorito de mi escritora— no conoce otra recompensa que la experiencia de amar y que no enseña más que humildad.

—Total, a alguien tendría que contarle, antes o después, la verdad —lo dijo despacio, con fatiga, porque es probable que nunca hubiese creído que la verdad sirviera para nada.

Tal vez por eso me la contó y los hechos son los siguientes.

Era una mujer silvestre cuando la conoció, ésa fue su definición. Una de esas raras personas que parecían vivir sólo por los sentidos. Una inocente. Una que transitaba por la vida de otros, rompiendo sus moldes, apasionando, pero siempre partiendo. Quizás era cierto, después de todo, que corría sangre gitana por sus venas. Arma de doble filo, sin duda, pues gracias a ello Santiago Blanco se enamoró y por esa misma razón nunca se jugó por ella. Cuando quiso hacerlo, en estos últimos tiempos, ya era tarde. *Mi amor, mi tonto, mi niño* nunca fue el guerrillero. Era él.

Más de una vez durante la investigación volví al texto de Alfonsina Storni sorprendida por aquello del hijo: *Yo tengo un hijo fruto del amor, amor sin ley. (...) El hijo y después yo, y después... lo que sea.* Al leer la entrevista de C.L. Ávila en el avión camino a México, no me cupo duda de que la historia del norteamericano muerto en un accidente automovilístico era una gran mentira. ¿Por qué *razón* puede una mujer esconderle a su hijo la identidad del padre? Dudé entonces de que lo hubiese engendrado con el guerrillero, no bastaban los motivos de seguridad y protección, los que cruzaron mi mente en algún momento al buscar justificarla. La maternidad es demasiado relevante en el texto de la poeta argentina como para que Santiago Blanco lo hubiese elegido de haber sido él ajeno. Además, uní esto a la cita que hace ella de Lowry en la misma entrevista: *Los niños mexicanos, conscientes del trágico fin del hombre, no lloran.* Mis sentimientos me dijeron que no era sólo una metáfora. Sin minimizar los dolores del pequeño Vicente y su posible valentía frente a ellos, creo que su madre necesitaba, de alguna forma oscura, decirlo, gritarlo como su gran secreto, como un velado testamento antes de desaparecer. ¿El haber nacido allá le daba la categoría de *mexicano* aunque en las líneas anteriores en esa misma entrevista ella afirmara que el niño no poseía una gota de aquella sangre en sus venas?

Efectivamente, cuando Carmen vivía en la casa de Coyoacán, propiedad de Santiago Blanco, se embarazó de él, lo cual fue un hecho feliz para ambos en la medida en que la familia del escritor no se enterase de *este amor sin ley,* pues él nunca estuvo dispuesto a destruirla. Según sus propias palabras, su amor por Carmen le hizo acoger calurosamente ese hijo pero, mientras ella fuese quien era, no dejaría a los suyos para emprender una aventura incierta. Y cuando comenzó a parecerle demasiado difícil no adueñarse de este niño que jugaba en el jardín de su propia casa, ante sus ojos arrobados, C.L. Ávila tuvo que llevárselo a San Francisco y depositarlo en manos de Aunt Jane.

Muy temprano hizo su aparición en escena Luis Benítez, el famoso comandante Monty, y entre sus idas y venidas a la ciudad de México, el escritor —como amante oficial— se vio seriamente amenazado ya que el romance entre ellos fue de largo aliento. Carmen jugó con los sentimientos de ambos, confrontándolos, quizás con la esperanza de que ello decidiera a Santiago Blanco a su favor, aunque lamentablemente lograra lo contrario. Carmen siente actualmente hacia el comandante un tibio afecto y el suyo quedó demostrado al enviarle el pasaporte que ella le requirió, tal como yo lo había sospechado. No estaba tan perdido Tomás Rojas, después de todo, pues aunque no hubo secuestros ni guerrillas, la participación del comandante fue vital: sin una identidad, C.L. Ávila no habría podido llevar adelante su plan.

La vida no le fue fácil: al regresar de su último viaje a la India vivió en forma definitiva el abandono de sus padres *(ellos me cancelaron a mí)* y como si eso no bastara fue entonces que terminó —y por un lapso de tiempo muy largo— su relación casi eterna con Santiago

Blanco. El clásico ultimátum de la mujer soltera al hombre casado y, por tanto, la archi convencional negativa. Entró en una severa crisis. Decidió vivirla en San Francisco, al lado de su hijo y de Aunt Jane. Pero ese viaje resultó fatal en su biografía. No sólo había perdido a su gran amor. También descubrió que su maternidad se le había arrancado de las manos soportando los rencores y cobros que le hiciera su hijo recién entrado en la adolescencia. Entonces fue que sufrió un grave accidente: tres sujetos irrumpieron una noche en casa de Aunt Jane, cuando Carmen se encontraba sola, la atacaron y la violaron. Violación multiple, fue el diagnóstico del médico que la atendió. Una semana más tarde, Carmen intentó quitarse la vida abriéndose las venas. Su tía la encontró a tiempo y pudo salvarla. La violencia, una vez más y como siempre, solo generó dolor infértil. Fue luego de una larga recuperación que decidió que Chile podría ser su destino, ya que México no era un lugar para volver. Su reencuentro con Tomás Rojas fue efectivamente su tabla de salvación. No sólo se sintió por fin amada y protegida, sino que con ello recuperó a Vicente y no lo soltó hasta el día después del matrimonio de éste, cuando ella ya lo sentía lo suficientemente encauzado y consistente y arrancó de su conciencia la culpa de haberlo privado de un padre en sus primeros años. Chile pasó a ser un nuevo escenario descontaminado de toda huella de dolor anterior y su gratitud hacia el Rector fue extensa. Aunque nunca sintió por él la loca pasión que la unió a Santiago Blanco, lo quiso leal y discretamente. Reconociéndose en los primeros tiempos como una mujer contenta, parecía que Tomás le hubiese sustraído su autosuficiencia. Pero no, fue su sabiduría la que le habló y la dispuso a transar en varios aspectos con tal de olvidar los negros días de San Francisco que pasaron a ser en su mente el resumen de todo cuanto la había herido.

Pero, transcurrido un cierto tiempo, las dificultades que parecían haber concluido continuaron en su país originario. Ella acarreó consigo a Chile una obsesión por la pequeña niña que era amamantada por su madre en el momento mismo de aquel asesinato en General Cruz, inspiración para la famosa investigadora privada Pamela Hawthorne. Y como toda obsesión, efectivamente la llevó hasta ella. Gloria González, la pequeña e indeseada testigo, terminó trabajando como asistente de la escritora, en aquella mansión de Las Condes que, tal como sospeché, ella detestaba. Y todo marchó sobre ruedas hasta el día en que Tomás Rojas compró su casa en el balneario de Cachagua, seis años después de haber contraído matrimonio —años en que Carmen se abstuvo de todo contacto con Santiago Blanco—. Cuenta el relato que la antipatía que le tomó a esa casa en la playa fue la que llevó a Gloria a reemplazarla. Y los fines de semana en familia finalizaron en que la cama del Rector se abrió a esta inocente prima y asistente de su esposa, diez años menor que ella. (Carmen odiaba a Pamela Hawthorne, contó el escritor Robledo Sánchez). Imagino que fue entonces que C.L. Ávila quebró platos contra la muralla.

Aparentemente superada la crisis y enviada Gloria González de vuelta al sur, el Rector ya no pudo desprenderse de este pequeño vicio que la joven había incubado en él. Más tarde fueron las amigas de su hija, a quien ésta invitaba a la casa de la playa, en un intercambio tácito y perverso con su padre, a sabiendas de que ello terminaría por destronar a su madrastra. Nunca faltó una que considerara un trofeo pasar por los brazos del Rector. Carmen fingió no enterarse de cuanto ocurría a su alrededor y esperó. Quizás Vicente resultó ser un motivo esencial de esa espera. Pero cuando los sueños se transformaron en el remanso y despertar en la pesadilla, volvió los ojos hacia su gran amor: Santiago Blanco. Tanto aguante no es respetable, le dijo cuando reanudó su relación con él, luego de una visita a México que le hiciera expresamente con esas intenciones. Más tarde se reunieron en Frankfurt y retomaron la historia como si sólo se hubiesen despedido el día anterior. Luego él viajó a Chile, siempre disimulando con la publicación de sus libros sus ganas de ver a Vicente, y ella presentó al público su novela. Aquel fue un signo entre ambos que yo no desentrañé como hubiera debido. Entretanto, la culpa fue acrecentándose en el interior de su marido, quien a pesar de sus devaneos, la amaba y no quería perderla. Esta culpa lo volvió suave, flexible y más amable de lo que nunca fue. Así transcurrieron los tres últimos años chilenos de C.L. Ávila. Ella esperaba, aparentemente víctima de una rotunda ausencia de sensaciones.

Luego de vivir aquella verdadera epifanía que fue el episodio de la avioneta estrellada en Guatemala, la que debiera haber terminado con sus días, Carmen no tomó un avión a Chile sino a México. La vida le estaba regalando otra oportunidad. Analizándolo con Santiago Blanco, le citó a Swift: *Cuando era joven, me sentía como si pudiese saltar sobre la luna*. Y allí mismo pegó el salto. A esas horas su visión era más cosa de la mente que de los ojos. Y su consigna fue: sospecho que el azar me ha odiado; a partir de hoy, ha de empezar a quererme bien y no me arrancará lo que me estaba destinado.

Santiago Blanco me explica que ese destino era modesto: era acumular suficientes pedazos felices de vida, era un homenaje al privilegio de respirar cuando debía haber muerto. Era, en suma, atrapar el goce, lisa y llanamente. Y para que ese goce fuese real, ella debía cesar de caminar, nadar y flotar en el hálito del aliento del escritor. Éste le ofreció acompañarla en su aventura, pero llegado el momento no fue capaz de dejar de existir oficialmente y abandonar sus ganancias y afectos en el mundo. Ella, a su vez, no le aceptó una historia a medias. Pero no renunció a su inteligencia misericorde.

Mantuvieron intacta la antigua amistad.

En aquella visita a México —después de Guatemala—, la última de su vida oficial, ella tomó la final decisión: terminaría con C.L. Ávila y se instalaría con otra identidad. Partieron juntos al Estado de Oaxaca, él se compró la casa en Puerto Escondido y ella en la ciudad. En cuanto la vio y caminó por su parque, hizo la opción, me cuenta Santiago Blanco. Contrataron de inmediato a un arquitecto que, además de pintarla de azul, la dejó adecuada para sus necesidades. Les importaba estar cerca, visitarse, contar el uno con el otro. Planificaron la fecha: Vicente contraería matrimonio a mediados del mes de noviembre, luego se efectuaría la Feria del Libro en Miami. Ese era el momento esperado, el que se había alojado en la fantasía de C.L. Ávila con mucha, mucha antelación y que por fin la avioneta en Tikal, al estrellarse, se lo señaló.

Desde Miami tomó un vuelo a Nueva York esa misma noche de fines de noviembre de 1997, —esa noche que tanto merodeó en mi cabeza— donde se instaló durante más de un mes. Allí se encerró en una clínica e hizo todo lo que Ana María Rojas la creía incapaz de hacer. Luego de pasar las fiestas de Navidad y Año Nuevo sumergida en ese invierno inclemente y en la más absoluta soledad, le envió una nota a Santiago Blanco informándole que ya se sentía perfectamente preparada: era capaz de superar cualquier prueba. Entonces, C.L. Ávila se embarcó rumbo a El Dorado.

Para los efectos del escritor, el único problema grave que enfrenta en toda esta larga historia es que al anidarse tal decisión autónomamente en el alma de C.L. Ávila, al no ser él ni Tomás Rojas los causantes ni provocadores de ella, debió reducir su papel al de testigo. Un testigo solidario.

Epílogo

Aquel martes, el primer día de mi investigación, hace siglos atrás, dudé de que C.L. Ávila hubiese sido asesinada o secuestrada, que se hubiera suicidado o muerto por causa natural. Lo sentí al mirar su fotografía —como si no estuviera allí, en su expresión no se lee ni el bien ni el mal—. Lo intuí cuando Georgina, la empleada de Tomás Rojas, me llevó a conocer su vestidor y percibí esos niveles de esquizofrenia. Pero realmente lo sospeché cuando leí *Un mundo raro*. Aunque me pregunté muchas veces cuándo se enteraría C.L. Ávila de la vida del empresario británico Jim Thompson y su desenlace en Malasia y si fue él quien le dio la idea, cosa que aún ignoro, ¿no significaba algo que esta historia recién hubiese aparecido en su última novela? ¿no sería una advertencia inconsciente, una clave? Y las palabras fuga, huida, retiro o exilio vinieron a instalárseme. Quiero decir, siempre conjeturé que estaba viva y que había desaparecido por su propia voluntad. Pero como una suposición no debe inhibir la investigación, me abrí a todos los cauces posibles.

Es curioso que de todas las personas con quien hablé, la única que la odiaba fuese la que acertó, su hijastra Ana María.

Como a Jill, el cuento de la guerrilla siempre me pareció un disparate y lo utilicé para llegar a México, pues supuse que debía estar allí. En eso radicó la astucia de El Jefe: como lo dije en la primera página, me entregaron el caso por mi relación con ese país bendito y fue por ello que presumí de que se encontraba en él. Los mexicanos cuentan con un verbo del que nosotros los chilenos carecemos: el de encobijar. Si encobijó a tantos en el exilio político, ¿porqué no también en el exilio del alma, como lo prueba la propia historia de la literatura? Para ser sincera, si alguna pequeña duda albergaba mi razón, ésta desapareció al leer su entrevista en el avión, aquella que me dio tantas pistas. Ella define, a través de Rigoberta Menchú, a México como el santuario para quienes no encontraron ese espacio. Sólo porque yo misma lo percibo así, con el corazón, es que pude imaginarlo como el probable lugar de la tierra donde ella pudiese al fin repetir: *If paradise exists on earth, it is here, it is here, it is here.*

De haber habido formas para avanzar por tierra desde Miami a Colombia con una mujer secuestrada a cuestas, difícilmente mi intuición se habría podido verificar. Gracias a esto, el destino —en la cabeza de Tomás Rojas— era inevitablemente México.

Presiento que Jill Irving también conoce la verdad, no porque Carmen la haya hecho partícipe de su juego sino porque su afecto se lo ha dictado. Es probable que Jill lo supiese sin saber que lo sabía. También es probable que un día Carmen la llame... quién sabe.

No quisiera dejar de ser perfectamente enfática: si el caso hubiese afectado a pintores o músicos, jamás lo habría resuelto. ¡Cuántas huellas deja tras de sí un escritor! Como las migas de pan de Hansel y Gretel. Jim Thompson, por cierto, fue un empresario.

Ahora bien: ahorrándose la fatal y dramática mediación de la muerte, la historia de su vida ha dejado de existir.

Oaxaca. Azul. Trémula. Insondable.

Su elección me hizo desde el principio un gran sentido, incluso a nivel del instinto más primario, el que me impulsó a seguir a Santiago Blanco hasta allí. Pero con los días he llegado a racionalizarlo nítidamente. Ustedes se preguntarán por qué Oaxaca para la densidad del silencio y no Sikkim u otra región de la India. Mi lectura de Octavio Paz en *Vislumbres de la India* me entregó algunas luces. Una persona con los referentes de C.L. Ávila no ignora el atractivo de las sociedades con raíces históricas en donde sigue pendiente el ajuste armonioso entre el pasado y el presente. Para la escritora, la ventaja de México en contraste con la India es que la sociedad mexicana tiende un puente más ancho y abierto a las débiles raíces, en todo caso occidentales, de una mujer que combina otras sangres, ancestros y cultura: chilena y norteamericana. De algún modo simbólico y apasionante, en México y en sus opciones se está definiendo la viabilidad y el futuro de lo latinoamericano, por lo que sus espacios más profundos, como Oaxaca, siguen siendo lugares privilegiados para el que desea ligarse a la esencia de nuestra historia y encontrar, precisamente ahí, las resonancias del silencio y la paz interior que ya no se logran en las sociedades occidentalizadas y globalizadas. Por lo tanto, era México y no la India el país que podía abrigarla y permitirle vivir la ambigüedad entre la ruptura y la salvación.

Oaxaca está rodeada por montañas y montañas. Si la ciudad de México fue alguna vez la región más transparente del aire, Oaxaca fue y sigue siendo la región más abrupta y montañosa. Eso consiente que sus valles continúen significando un espacio para el recogimiento. Convergen en ella la Sierra Madre Oriental y la Sierra Madre del Sur, toda su naturaleza es abrazada por la cordillera, como en el sur Los Andes abrazan a cada uno de nosotros, los habitantes de Chile. El verde jade y el café son los colores de su suelo y negro el de su roca volcánica. Aunque los templos, santuarios y viviendas oaxaqueñas hablen de tres mil años de historia, aunque sus profundas raíces indígenas hubiesen tentado a la escritora de recibir en el oído los soplos de antiguas sabidurías mixtecas y zapotecas, aunque las tradiciones muestren su abismante diversidad étnica y posean esa sustancia mágica y telúrica como pocos lugares del planeta, pienso que fue el elemento esencial de la cosmovisión de su pueblo el que la convenció: la naturaleza. El paisaje de la infancia es una forma de identidad. Es, en definitiva, una pertenencia a la que cualquier peregrino desea regresar.

Así como los pueblos oaxaqueños debieron franquear las barreras naturales de su complicada geografía para no permanecer aislados, otros se sumergen en ella para abrazar la soledad completa. Entonces, con el alma insobornable, sosegada, ella lo eligió como el espacio para su resurrección.

Todo lo referente a C.L. Ávila esta asociado con el movimiento. El baile es la metáfora. Entonces... miro el cuaderno de notas en mi falda, con la tenue luz que resta del día a través de la ventanilla de mi asiento en el avión de Lan Chile que me lleva de vuelta, y pienso en que no debe ser fácil descartarse. Y ella, luego de hacerlo, luego de haber desdeñado la gloria, ejecutó su último baile. Como un elegante faisán de plumas doradas bailó con un movimiento válido: el de encontrar el camino a casa. Me pregunto acongojada quién soy yo para interrumpir sus pasos. Si es justo que una vez más los niños atrapen la pelota y la niña quede mirando.

Comprendo que debo rendir cuentas, que el prestigio que adquiriría al resolver esta investigación es elevado, que la verdad en esta profesión mía es el más apreciado intangible. Pero yo no quisiera que algún día otra mujer me delatara si en mí se llegara a aventurar la esperanza.

Miro a través de la ventanilla del avión. En el firmamento se coló la sangre, tan oscuro y rojo y pesado lucía; en otro momento me obligaría a desviar la mirada, pero no ahora, no en este presente mío, pues por fin la certeza me ha poblado, despidiendo a las incertidumbres que me llevaron a pensar sin originalidad. No me alcanzan ya las trampas de la luz.

Me levanto de mi asiento con el cuaderno aferrado a las manos y me dirijo al baño. Separo las páginas a partir de mi llegada a Oaxaca, las rompo lentamente en trozos y las tiro por el depósito de papeles; que el aire los deshaga en su furia y su velocidad. No debo inquietarme, tengo siete horas por delante —no sólo para escribir de verdad la primera entrevista a Santiago Blanco— sino para inventar yo esta vez una novela negra.

Y después. Después, lo que sea.

Nuestra Señora de la Soledad se terminó de imprimir en septiembre de 1999, en Litográfica Ingramex, S.A. de C.V., Centeno 162, Col. Granjas Esmeralda, C.P. 09810, México, D.F.